Als Fabian Lenk (geboren 1963) selbst noch ein Kind war, wollte er Archäologe werden. Auch Musiker oder Schriftsteller waren mögliche Ziele.

Alles brotlose Kunst!, lautete vielfach das Urteil. Also studierte er Diplom-Journalistik und war 25 Jahre als Reporter tätig. Parallel schrieb er Bücher – zuerst Krimis für Erwachsene, später vor allem für Kinder und Jugendliche. Über 200 Titel sind bisher erschienen, die in viele Sprachen übersetzt wurden.

Computerspiele mag Fabian Lenk ebenfalls – an Minecraft schätzt er die unendlichen kreativen Möglichkeiten. Musik macht er übrigens auch. Seine eigenen Songs findet ihr bei YouTube unter *FabiBeat.*

Fabian Lenk wohnt mit seiner Familie in der Nähe von Bremen.

Weitere Informationen zum Kinder- und Jugendbuchprogramm der S. Fischer Verlage finden sich auf www.fischerverlage.de

FABIAN LENK

GEFANGEN IN DER WELT DER WÜRFEL

Im Labyrinth des schwarzen Magiers

Ein Abenteuer für MINECRAFTER

FISCHER Taschenbuch

Aus Verantwortung für die Umwelt hat sich der Fischer Kinder- und Jugendbuch Verlag zu einer nachhaltigen Buchproduktion verpflichtet. Der bewusste Umgang mit unseren Ressourcen, der Schutz unseres Klimas und der Natur gehören zu unseren obersten Unternehmenszielen.

Gemeinsam mit unseren Partnern und Lieferanten setzen wir uns für eine klimaneutrale Buchproduktion ein, die den Erwerb von Klimazertifikaten zur Kompensation des CO_2-Ausstoßes einschließt.

Weitere Informationen finden Sie unter: www.klimaneutralerverlag.de

FSC® MIX
Papier aus verantwortungsvollen Quellen
FSC® C014496
www.fsc.org

Originalausgabe

Erschienen bei FISCHER Kinder- und Jugendtaschenbuch
Frankfurt am Main, März 2020

Umschlaggestaltung: Karin Dahlhaus, MT-Vreden
Umschlagillustration und Vignetten: Vincent Eckert
Satz: Dörlemann Satz, Lemförde
Druck und Bindung: GGP Media GmbH, Pößneck
Printed in Germany
ISBN 978-3-7335-0605-6

Dank an Yannick für unzählige Minecraft-Tipps!

Was bisher geschah ...

Virtual-Reality-Brillen auf, Computer an – Finn und Josh lieben coole Spiele. Vor allem Minecraft!

Doch eines Abends läuft alles anders: Die Brüder werden von gefährlichen Hackern mit Hilfe eines goldenen Lichts in die Minecraft-Welt gezogen und befinden sich plötzlich im Reich Pyra. Dort regieren König Yorick und Königin Kayla. Sie stützen ihre Macht auf gnadenlose Soldaten und rechtlose Arbeiter. Da ein ständiger Bedarf an frischen Sklaven besteht, haben Yorick und Kayla schon viele andere Menschen in ihr Reich entführt.

Finn und Josh müssen in Minen Redstone abbauen und in der Arena als Gladiatoren gegen Monster kämpfen.

Mit ihren neugewonnenen Freunden Ela und Luca planen sie den Ausbruch aus Pyra. Doch Luca entpuppt sich als Verräter. Prompt wird Josh geschnappt, während Finn und Ela die Flucht gelingt.

Mit der Hilfe von Hexe Wanda und ihrem Mann, dem genialen Baumeister Pete, gelingt es ihnen jedoch, Josh aus den Klauen von Yorick und Kayla zu befreien.

Das Herrscherpaar sinnt auf Rache – und setzt eine riesige Armee von Withern in Marsch, die die Flüchtigen fangen soll. Die Gefährten fliehen ins Reich eines mutigen Bergvolks. Zusammen schaffen sie es, die Armee der Wither zu besiegen. Yorick, Kayla und Luca können jedoch entkommen.

Nun brechen Finn, Josh und Ela auf, um das goldene Licht zu finden. Sie hoffen, dass es ihnen den Weg zurück in die reale Welt weist. Unterwegs erfahren die drei, dass Yorick und Kayla das Licht in ihre Hauptstadt mitgenommen haben. Josh, Finn und Ela wagen sich dorthin und erleben eine Überraschung: In Pyra ist ein Aufstand ausgebrochen, die brutalen Herrscher wurden vertrieben. Das Licht haben Yorick und Kayla aber bei einem gefährlichen Enderdrachen deponiert. Die Freunde schaffen es, den Drachen zu besiegen und ihm das goldene Licht zu entreißen. Damit gelangen sie endlich wieder zurück nach Hause. Doch damit ist das Abenteuer keineswegs zu Ende, denn das goldene Licht funktioniert wie ein Portal, das den Freunden jederzeit den Zugang in die Welt von Minecraft ermöglicht. Und sie hören beunruhigende Geräusche, die nur auf eines hindeuten können: Ihre Freunde in der Minecraft-Welt sind in Gefahr …

Der Überfall

Die Hütte stand auf Stelzen aus Eichenstämmen in einem Tümpel, in dem Seerosenblätter schwammen. Am Ufer wuchsen blaue Orchideen.

Richtig idyllisch, dachte der mächtige Magier Darkside und lächelte. Aber das war kein nettes Lächeln, es hatte nichts Freundliches. Es war eher ein wölfisches Grinsen.

Der Magier trug eine Kluft, die schwarz war wie der Tod. Er verbarg sich hinter einer Sumpfeiche und behielt die Hütte im Auge.

Ha, da waren sie ja!

Wanda, die kluge Hexe, und ihr Mann, der brillante Baumeister Pete, waren gerade auf die kleine Veranda vor dem Eingang der Sumpfhütte getreten.

Pete, der auch sehr gut mit Sprengstoff umgehen konnte, hatte die Hütte mit einigen Sprengfallen gesichert, wie Darkside herausgefunden hatte. Doch das würde den beiden nichts nützen.

An dem Kerl hatte Darkside kein Interesse. Ihm ging es einzig und allein um die Hexe. Besser gesagt: um ihre Hexen*künste*. Die brauchte er, um zu seinem Ziel zu gelangen. Wanda musste ihm helfen, ihm dienen. Zweifellos würde sie sich sträuben, aber das war Darkside egal. Er würde den Widerstand der Hexe brechen.

Jetzt stapfte Pete ins flache Wasser und entfernte sich ein Stück von seinem trauten Heim.

Sehr gut!, dachte Darkside, lass deine

Hexe nur allein. Das macht einiges einfacher.

Als Pete nicht mehr zu sehen war, hob der Magier beide Arme beschwörend zum Himmel. Sein Körper begann zu zittern, sein Mund öffnete sich zu einem stummen Schrei. Aus seinen Händen stiegen weiße Blasen auf. Jetzt begann Darkside zu knurren wie ein gereizter Kampfhund – und wie aus dem Nichts spawnten durch Darksides Beschwörungszauber drei Plagegeister. Die geflügelten Kreaturen mit ihren Eisenschwertern ähnelten bösen Engeln. Sie waren zwar recht klein, aber äußerst gefährlich.

Nun gab der Magier das Zeichen zum Angriff und hetzte die Plagegeister auf Wanda.

Die Kreaturen flogen über Petes Fallen hinweg und hoben die Schwerter. Auf ihren grauen Körpern zeigte sich eine blutrote Maserung, wie immer, wenn sie jemanden attackierten. Und genau das war ihre alleinige Bestimmung: angreifen im Namen ihres Erschaffers.

Hinter dem Baumstamm verfolgte der Magier den Kampf. Seine Augen zuckten unter den buschigen schwarzen Brauen unruhig hin und her.

Denn Wanda war eine wirklich starke Gegnerin. Schon hatte die warzennasige Hexe die ersten Tränke auf die Geister geschleudert: zunächst einen Trank der Langsamkeit, dann einen der Vergiftung, schließlich einen der Schwäche. Dann floh sie ins Innere der Hütte.

Doch es nützte ihr nichts, wie Darkside erleichtert feststellte: Die fliegenden Geister wichen Wandas Geschossen aus. Außerdem hatten Plagegeister die unangenehme Fähigkeit, durch Blöcke aller Art hindurchfliegen zu können. Auch wenn sie durch Lava oder Feuer schwebten, erlitten sie keinerlei Schaden.

Es war also absolut unmöglich, sich vor ihnen zu verstecken. Die Kreaturen stürzten sich auf die Hexe und trieben sie aus der Sumpfhütte. Wanda schrie gellend um Hilfe.

Da stürmte Pete heran. Einer der Plagegeister attackierte nun den Baumeister, der in einer verzweifelten Geste die Arme über den Kopf hob.

Gleich würde der Geist ihn erschlagen haben, doch das war nicht in Darksides Sinn. Er wollte lieber noch ein wenig mit Pete spielen – und Wanda durfte ohnehin kein Haar gekrümmt werden.

Also bremste der Magier seine Geister mit einem knappen Kommando. Sie hielten Wanda und Pete in Schach, die Schwerter schlagbereit gehoben.

Der Magier kam hinter dem Baum hervor und rief der Hexe und dem Baumeister zu: »Bleibt ruhig, dann passiert euch nichts!«

Das war zwar gelogen, aber es erfüllte

seinen Zweck. Pete und Wanda gehorchten. Wutentbrannt starrten sie Darkside an, der näher trat, wobei er den Fallen auswich. Dann fesselte er Pete und Wanda an den Händen. Jetzt war der Magier auch vor den Tränken der Hexe sicher.

»Was hast du vor?«, wollte sie wissen.

»Psst«, machte der Magier und lächelte wieder sein wölfisches Lächeln. »Überraschung …«

Dann hob er erneut die Arme und richtete sie auf die Sumpfhütte. Sekundenbruchteile später stand sie in Flammen.

Der Baumeister funkelte Darkside an: »Das wirst du uns büßen, das verspreche ich dir.«

»Ja, ja, natürlich«, erwiderte der Magier sanft, als habe er es mit einem Verrückten zu tun, der irgendeinen Unsinn brabbelte.

Im Feuerschein der sterbenden Hütte trieb er Pete in ein nahes Sumpfloch. Dort verschnürte Darkside auch die Beine des Baumeisters.

»Bye-bye«, sagte er böse und sah einen Moment lang zu, wie Pete begann, in das tödliche Moor zu sinken.

In Petes Augen trat blanke Panik.

Ungerührt wandte sich der Magier ab und ging zurück zu Wanda, die ihn anflehte, ihren Mann zu retten.

Er schüttelte nur mit dem Kopf. »Und nun zu dir«, sagte er und klang regelrecht fröhlich. »Du und ich, wir beide werden jetzt eine kleine Reise machen.«

»Wohin?«

»Überraschung«, wiederholte Darkside.

»Und wenn ich mich weigere?«, zischte Wanda.

»Weigern?« Der Magier hob die Brauen in milder Belustigung. »Nicht doch. Das wäre dein Tod.«

»Dann lass wenigstens Pete in Ruhe!« Jetzt weinte sie fast.

»Nein«, lautete die Antwort.

Dann trieb Darkside sie fort, weg von der Hütte, die gerade in einem Funkenregen in sich zusammenbrach – und weg vom schreienden Pete, der entsetzt mit ansehen musste, wie seine geliebte Wanda entführt wurde, während er ganz langsam tiefer in den Sumpf glitt.

Das Portal

»Wer schreit da so?«, fragte Finn beunruhigt. Er stand mit Josh und Ela in seinem Zimmer neben dem Computer.

Gerade erst waren sie dank des Portals aus der gefährlichen Welt von Minecraft entkommen, eine Welt, von der im Moment nichts übrig geblieben war außer einer Szene auf dem Monitor. Aus den Boxen klangen Rufe, die durch Mark und Bein gingen.

»Ist das etwa … Pete?«, stammelte Josh.

Finn schluckte schwer. War das möglich?

Sie traten an den Monitor heran. Eine Sumpflandschaft lag vor ihnen. Rauch stieg am Horizont auf. Doch von Pete keine Spur.

»Ja, ich glaube schon«, hauchte Ela. »Ob er Hilfe braucht?«

»Klingt ganz danach«, erwiderte Josh. »Zu dumm, dass wir nicht sehen können, was da los ist. Aber dann müssen wir eben …«

»Du willst doch nicht etwa schon wieder zurück in die Welt von Minecraft?«, unterbrach Finn.

Jetzt hatten sie es nach unzähligen Kämpfen geschafft, diesem Horror zu entfliehen, und sein kleiner Bruder schien nichts Besseres zu tun zu haben, als sich sofort in das nächste Abenteuer zu stürzen. Andererseits war Pete auch Finn sehr ans Herz gewachsen, und der Gedanke, dass der Baumeister in Gefahr war, setzte auch ihm sehr zu.

Josh sah Finn entschlossen an und wollte gerade etwas sagen, als die Tür aufflog.

Chrissi, ihre bereits fünfzehnjährige Schwester, das Smartphone in der Hand. Auch das noch. Eigentlich hatte sie heute bei einer Freundin übernachten wollen. Offenbar war etwas dazwischengekommen …

»Was geht denn hier ab? Ich habe Geplärr gehört«, fragte sie stirnrunzelnd und fügte nach einem kurzen Blick auf den Monitor ätzend hinzu: »Ach so, Lego für Deppen vorm Bildschirm. Hätte ich mir ja denken können.«

Finn ächzte. Chrissi hatte null Ahnung von Minecraft, sie war in seinen Augen ein Alien. Josh empfand das auch so.

Erst jetzt schien diesem Alien aufzufallen, dass Ela ebenfalls im Raum war. »Wer bist denn du?«

»Ich bin Ela.«

»Aha«, sagte Chrissi und hockte sich in Finns chaotischem Zimmer auf die Kante des ungemachten Bettes. Das Handy legte sie auf den Nachttisch.

Dann schnippte sie mit den Fingern. »Kombiniere, mein kleiner Bruder Finn hat 'ne Freundin. Oh, wie süß!«

Dafür hätte Finn ihr am liebsten den Controller des Virtual-Reality-Headsets um die Ohren gehauen. Aber das Teil war zu teuer, und Chrissi war zu doof. Also beherrschte er sich und deutete stattdessen zur Tür.

»Wie wär's, wenn du dich wieder verkrümelst, Schwesterherz? Wolltest du nicht bei deiner Freundin übernachten? Abflug!«

Sie grinste schief. »Du hast mir gar nichts zu sagen, Finn. Lena fühlt sich nicht gut. Grippe im Anmarsch. Da bin ich wieder nach Hause gekommen. Aber ich will das junge Glück ja nicht stören. Soll ich den kleinen Pupser mitnehmen?«

Mit dem »kleinen Pupser« war natürlich Josh gemeint. Finn sah ihm an, dass Josh kurz vor einer Explosion stand. Doch auch ihm gelang es, sich zu beherrschen, was daran lag, dass es gerade Wichtigeres gab als Chrissis Sticheleien und sie alles daransetzen mussten, dass der Alien verschwand.

Die Schwester tat ihnen den Gefallen, wobei sie ihr Handy auf dem Nachttisch vergaß.

»Endlich«, sagte Finn, als die Tür hinter Chrissi zugefallen war.

Josh nickte. »Also, was ich gerade sagen wollte, ist, dass wir am besten sofort …«

»… wieder in die Welt von Minecraft starten«, vollendete Ela den Satz. »Pete scheint Hilfe zu brauchen.«

Finns Blick wanderte von einem zum anderen. »Ihr habt sie nicht mehr alle«, sagte er, aber er klang ziemlich lahm. »Denkt doch nur an Yorick und Kayla. An die Skelettreiter, an diesen elenden Verräter Luca. An die Creeper und Höhlenspinnen, die Wither und Lohen! Die sind real, Leute. Das ist kein Spiel, das ist alles …«

Jetzt war es Josh, der seinen Bruder unterbrach: »Während du hier redest und redest, geht es Pete vermutlich ziemlich dreckig. Komm, hol das goldene Licht.«

Finn rang noch einen Moment mit sich, vielleicht aus einem gewissen Verantwortungsgefühl. Er war schließlich der ältere der beiden Brüder. Nicht nur einmal hatten seine Eltern ihn dazu angehalten, auf Josh aufzupassen, auch wenn der das hasste.

Aber tief in seinem Innersten hatte sich Finn ebenfalls entschieden. Sie mussten nachsehen, in welchen Schwierigkeiten Pete steckte. Und diese Schwierigkeiten, das ahnte Finn, waren massiv. Schließlich war der Baumeister jemand, der normalerweise *keine* Hilfe brauchte. Also würden sich Josh, Ela und er in dieses Abenteuer stürzen, auch wenn angesichts ihrer bösen Erfahrungen in der Welt von Minecraft so gut wie alles dagegensprach.

Wortlos ging Finn zu seinem Schrank,

während hinter ihm ein Klagen aus den Boxen klang. Pete.

Finn beeilte sich, die kleine Schatzkiste mit dem goldenen Licht aus den Tiefen des Schranks zu holen. Wie ein rohes Ei trug er das Kistchen zum Computer. Dabei bemerkte er das Leuchten in den Augen der anderen. Josh und Ela schienen es gar nicht erwarten zu können.

Finn öffnete die Kiste, und sofort erhob sich ein kugelförmiges Etwas, das golden strahlte. Es schwebte mitten im Raum, dann flog es zur Wand neben dem PC und formte dort ein Portal. Es glitzerte verführerisch, und die Gefährten hielten unwillkürlich den Atem an. Ein Sumpfbiom war zu sehen, wie gerade auf dem Monitor. Jetzt war auch eine Hütte zu erkennen. Sie stand in Flammen! War das das Zuhause von Wanda und Pete?

»Sollen wir es wirklich ... tun?«, stammelte Finn.

»Logo«, wisperte Ela.

»Logo«, meinte auch Josh.

Finn nickte. »Also gut.« Aber was, wenn sie zwar erneut in das Spiel hineingelangen würden – aber nicht wieder hinaus?

Vorsichtig streckte Finn einen Arm durch das Portal. Er konnte es kaum glauben: Sein Arm befand sich im Spiel und hatte mit einem Mal die viereckigen Minecraft-Umrisse, während sein restlicher Körper in seinem Zimmer war. Finn zog den Arm zurück. Jetzt war er wieder komplett in seiner Welt.

»Krass!«, murmelte er.

»Ja«, stieß Josh hervor. »Die Teleportation funktioniert tatsächlich immer noch. Also, los!«

Er drängte an seinem Bruder vorbei und war einen Wimpernschlag später in der Welt der Würfel verschwunden. Ela und schließlich auch Finn, der das Schatzkästchen mitnahm, kamen nach. Nun standen sie staunend inmitten der typischen Sumpflandschaft – ein flaches Biom am Übergang zwischen einem Gewässer und festem Land, das von sanften Hügeln durchzogen war. Bäume, an denen sich Ranken emporschlängelten, ragten in den blassen Himmel. Pilze, Zuckerrohr und blaue Orchideen wuchsen überall. Ein ziemliches Idyll, wären da nicht die Hilferufe gewesen.

Finn, der wie Josh und Ela nun die Gestalt einer Minecraft-Figur angenommen hatte, drehte sich mit hämmerndem Herzschlag um. Hinter ihm erhob sich das Portal. Er atmete erleichtert auf. Dann machte er den Test und ging wieder durch das goldene Tor – die eindringlichen Rufe für den Moment ignorierend. Augenblicklich befand er sich in seinem Zimmer und sah so aus, wie er es gewohnt war: wie ein Mensch.

Rasch kehrte Finn zu Josh und Ela zurück. Dort streckte er die Hand nach dem Portal aus. Das Tor fiel in sich zusammen, formte eine Kugel und schwebte zu Finn. Er steckte das geheimnisvolle Licht in das Schatzkästchen, das er an seinem Gürtel befestigte.

»Das ist wirklich der Hammer«, sagte Ela. »Mit dem goldenen Licht haben wir die Möglichkeit, zwischen den Welten hin- und herzureisen!«

Finn klopfte auf das Kistchen. »Genau. Und da wir das goldene Licht jetzt immer dabeihaben, müssen wir nicht befürchten, erneut in der Minecraft-Welt festzuhängen und nicht mehr nach Hause zu kommen.«

»Ja«, stieß Josh hervor. »Habt ihr schon bemerkt, dass wir dieselbe Ausrüstung haben wie bei unserem letzten Abenteuer, als wir den Enderdrachen besiegt haben?«

Ela nickte. »Als hätten wir beim Zocken nur eine Pause eingelegt. Mit Haltbarkeit und Schärfe verzauberte Diamantschwerter, Diamantrüstungen, Pfeil und Bogen, die mit Stärke und Unendlichkeit belegt sind und einige nützliche Tränke – alles noch da in unseren Inventaren. Krass!«

Dann flitzte sie zum Tümpel, wo die brennende Hütte stand, und die Brüder folgten ihr.

Die Rufe wurden noch lauter, noch eindringlicherer, noch verzweifelter. Aber nach wie vor war niemand zu sehen.

Dann hatten die drei die Hütte erreicht, von der nun nicht mehr als rauchende Trümmer übrig waren. Und was Finn, Ela und Josh jetzt sahen, versetzte ihnen einen Schock.

Tief im Sumpf

Einige Blöcke von der Hütte entfernt steckte eine Gestalt bis zur Hüfte in einem Sumpfloch.

»O nein, das ist wirklich Pete!«, schrie Josh und stürmte los.

»Vorsicht!«, warnte Ela. »Du könntest ebenfalls in der Brühe versinken.«

Jäh bremste Josh ab. Da war natürlich etwas dran! Doch Elas Warnung war einen Tick zu spät gekommen. Sein linker Fuß war bereits in den Boden gesunken.

»Rückwärtsgang, Rückwärtsgang«, murmelte Josh und wollte den Fuß herausziehen. Doch es gelang ihm nicht. Ganz im

Gegenteil: Auch der rechte Fuß sackte in den morastigen Untergrund.

Na klasse!, dachte Josh und wandte sich an die anderen: »Äh, könnte vielleicht mal jemand …«

»Schon unterwegs, Kleiner«, rief sein Bruder. »Ela, kümmere du dich um Pete!«

»Ich bin nicht klein«, protestierte Josh, während er noch ein wenig tiefer in den schleimigen Untergrund rutschte. Um ihn herum blubberte, schmatzte und gärte es. Mann, war das ekelhaft! Schon reichte ihm das Zeug bis zu den Knien.

»Doch, bist du schon«, grummelte sein Bruder. Er schaute in alle Richtungen. Er brauchte etwas, um Josh herauszuziehen. Da fiel sein Blick auf eine der Sumpfeichen. Bingo!

Finn sauste hin, besorgte sich eine der Ranken und hielt sie Josh hin. Der packte zu, und nun gelang es Finn, Josh aus dem Morast zu ziehen.

»Weißt du, wie du aussiehst?«, fragte Finn lachend, als sein Bruder wieder festen Boden unter den Füßen hatte. »Als hättest du dir gerade in die …«

»Lass es! Das will ich gar nicht hören!«, rief Josh. Er wusste gar nicht, worüber er sich mehr ärgerte: über die blöden Kommentare seines älteren Bruders oder darüber, dass er so ungestüm und unvorsichtig gewesen war.

Sie jagten zu Ela, die ebenfalls eine Ranke abgeschnitten hatte und sie gerade dem Baumeister unter die Nase hielt. »Pack zu!«

»Wie denn?«, erwiderte Pete verzweifelt.

Erst jetzt erkannte das Mädchen, dass irgendein ganz besonderer Fiesling die Idee gehabt hatte, den Baumeister gefesselt in das Sumpfloch zu stecken. »Das darf doch nicht wahr sein«, fauchte sie. Sie zog die Ranke zu sich.

»Nein, bitte nicht. Hilf mir!«, rief der Baumeister entsetzt.

»Keine Sorge, bin schon dabei«, entgegnete Ela und begann, an der Ranke herumzufummeln.

»Was hast du vor?«, fragte Finn.

»Ich baue ein Lasso«, antwortete sie. »Damit ziehen wir Pete aus dem Sumpf.«

»Cool, du mutierst zum Cowgirl«, kommentierte Josh.

Nach wenigen Minuten war das Mädchen fertig und warf das Lasso zum Baumeister. Im dritten Anlauf fiel die Schlinge über seine Schultern.

»Yes!«, freute sich Ela. Gemeinsam zogen sie Pete aus seinem feuchten Gefängnis und befreiten ihn von den Fesseln.

»Tausend Dank«, sagte Pete, während er seine schmerzenden Handgelenke massierte.

»Was ist hier passiert?«, fragten die Gefährten. »Und wo ist Wanda?«

Der Baumeister schaute sie an. In seinen Augen lagen Wut, Verzweiflung und Schmerz.

»Darkside«, knurrte er. »Er hat …«

»Wer ist das?«, unterbrach Josh ihn und erntete dafür einen bösen Blick seines Bruders.

»Das wollte ich eigentlich gerade sagen, junger Mann«, fuhr Pete tadelnd fort. »Darkside ist ein Magier, und zwar ein besonders gefährlicher.«

Josh blies die Backen auf. Natürlich kannte er als erfahrener Minecraft-Spieler diese Zauberer. Ein Magier war ein Illager, der in Waldanwesen hauste und sich liebend gerne an Überfällen beteiligte. Ohne Provokation griff ein Magier Spieler, Dorfbewohner und Eisengolems an, die sich in einem Radius von zwölf Blöcken um ihn herum befanden. Anders ausgedrückt: Ein Magier war ständig auf Krawall aus, seine Hobbys waren Krieg und Zerstörung.

Der Baumeister senkte den Blick und flüsterte mit tränenerstickter Stimme: »Darkside hat uns überfallen. Er brannte unsere schöne Sumpfhütte nieder, hetzte seine Plagegeister auf uns, überwältigte mich und steckte mich gefesselt in den Sumpf, damit ich darin versinke. Aber das Schlimmste ist: Er hat Wanda entführt! Ich habe versucht, ihr zu helfen, aber es gelang mir nicht. Als sie mich am meisten brauchte, habe ich versagt.«

Ela legte ihm eine Hand auf die Schulter. »Nein, du hast nicht versagt. Wer kann es schon mit einem Magier und drei Plagegeistern allein aufnehmen? Sie waren in der Überzahl – dich trifft keine Schuld, Pete. Mal was anderes: Weißt du, warum dieser Darkside Wanda entführt hat?«

»Nein. Ich weiß nur, dass Wanda zuletzt in ihrer Hexenküche an etwas sehr Geheimnisvollem gearbeitet hat.«

»An was?«, forschte Finn nach.

»Keine Ahnung, sie hat noch nicht einmal mich eingeweiht.«

»Vielleicht hat die Entführung damit etwas zu tun«, spekulierte Josh.

»Möglich, aber wie gesagt: Ich weiß es nicht«, sagte der Baumeister.

Für einen Moment kehrte Stille ein.

Schließlich war es Josh, der sie brach: »Hast du eine Idee, wohin Darkside Wanda verschleppt hat?«

Der Baumeister schüttelte den Kopf. »Das hat Darkside natürlich nicht gesagt. Aber Magier leben in Waldanwesen, die wiederum im dichten Wald liegen ... Nicht allzu weit entfernt ist ein solches Gebiet. Dorthin wird Darkside meine Wanda entführt haben, vermute ich.«

Josh runzelte die Stirn. Dieses Biom mochte er gar nicht. Dort wuchsen mächtige Schwarzeichen, die so dicht nebeneinander standen, dass sich ihre Kronen berührten und sich ein geschlossenes

Laubdach bildete. Daher war es im Dichter-Wald-Biom stets so finster, dass auch tagsüber Monster spawnen konnten. Dieses Biom war zweifellos besonders abweisend. Kein Wunder, dass sich dort Typen wie Darkside wohlfühlten.

Wie zur Bestätigung sagte jetzt Pete: »Kein Dorfbewohner wagte sich dort hinein … bisher.« Er straffte die Schultern und craftete ein Schwert aus einem Stock und Eisenbarren sowie Pfeil und Bogen. Dafür benötigte er Feuerstein, Stöcke, Federn und Faden. »Aber ich werde der Erste sein. Ich werde meine Wanda befreien!«

»Wir kommen mit, wir helfen dir!«, preschte Josh vor.

»Das ist supernett von euch, aber diese Aktion wird sehr gefährlich werden. Garantiert. Es ist daher besser, wenn ich es auf eigene Faust versuche. Am besten kehrt ihr in eure Welt zurück. Dort seid ihr sicher«, bat der Baumeister. »Ich möchte nicht dafür verantwortlich sein, wenn euch etwas zustößt.«

Die Freunde sahen sich an. Konnten sie Pete in dieser Situation wirklich allein lassen?

Das böse Omen

»Wir müssen uns beratschlagen«, sagte Ela und zog die Jungen aus der Hörweite des Baumeisters.

»Denkt ihr, was ich denke?«, fragte das Mädchen, sobald sie unter sich waren.

»Bestimmt«, erwiderte Josh. »Wir dürfen Pete nicht im Stich lassen. Wir begleiten ihn in diesen verdammten finsteren Wald und hauen Wanda raus.«

Das sah Finn genauso. Es war ohnehin reichlich riskant – um nicht zu sagen: völlig durchgeknallt – gewesen, sich gleich wieder in ein Abenteuer in der Würfelwelt zu stürzen. Jetzt konnten sie nicht einfach umkehren, nur weil sich das erste Hindernis auftat. Schon gar nicht, wenn Pete und Wanda ihre Hilfe brauchten.

Er zog sein Diamantschwert. »Mit diesem Darkside werden wir schon fertig.«

Ela klatschte in die Hände. »Sehr schön! Dann mal los.«

Sie gingen zu Pete, der sie fragend ansah.

»Ich hoffe, ihr seid nicht auf dumme Ideen gekommen«, meinte er.

»Wenn du unter dumm verstehst, dass wir dich begleiten werden, dann schon«, erwiderte das Mädchen lächelnd.

Der Baumeister seufzte. »Es macht wohl wenig Sinn, euch davon überzeugen zu wollen, dass das Quatsch ist. Höchst riskanter Quatsch.«

Finn ging nicht darauf ein. »Wo liegt dieses Waldgebiet?«, wollte er wissen.

Pete seufzte noch einmal, diesmal etwas lauter. »Folgt mir«, meinte er dann ergeben.

Nach ein paar Schritten fügte er noch an: »Danke. Aber ihr braucht das wirklich nicht tun.«

Sie verließen das Sumpfbiom mit der zerstörten Hütte – ein verkohlter Haufen, der aus dem flachen Wasser ragte und einmal das Zuhause von Wanda und Pete gewesen war, die nichts als Ruhe und Frieden gesucht und auch gefunden hatten, bis ein gewisser Darkside mit seinen Plagegeistern aufgetaucht war und das kleine Paradies in eine Hölle verwandelt hatte.

Der Sumpf wich zurück, und sie gelangten in ein weiteres flaches Gebiet mit kleinen Seen und Senken. Die Gefährten hatten ein Ebenebiom erreicht. Nur vereinzelt gab es hier ein paar Bäume, bei denen es sich um Eichen handelte. Auf einer Wiese standen einige Esel und Pferde, die lediglich kurz die Köpfe hoben, als die kleine Gruppe an ihnen vorbeimarschierte.

»Da vorn ist ein Dorf«, rief Finn wenig später.

Neben einer Ansammlung von Eichen befand sich ein Wachturm: sechs Blöcke hoch, drei Fenster und ein Eingang, aber keine Tür. Davor lief ein Eisengolem auf und ab.

Überragt wurde der Turm vor der dahinter liegenden Kirche, die zwölf Blöcke hoch und aus Bruchstein gebaut war, und vom Rathaus, das immerhin noch sieben Blöcke aufragte und einen L-förmigen Grundriss hatte.

»Sollen wir dort mal vorbeischauen?«, überlegte Josh laut. »Vielleicht hat jemand …«

»Vorsicht!«, schrie Finn in diesem Moment und riss das Diamantschwert hoch.

Aus dem kleinen Eichenwäldchen stürmten sechs fiese Gestalten auf sie zu: eine Illager-Patrouille!

Vier der Angreifer waren schwarz gekleidet und mit Armbrüsten bewaffnet – das waren Plünderer. Ihr Kommandant trug zum Zeichen seiner Würde ein Banner auf seinem Kopf.

Die Plünderer saßen auf klobigen Bestien, sogenannten Verwüstern. Die hässlichen Viecher hatten lange Hörner und wurden von einer Rüstung geschützt. Die Biester brüllten wie gereizte Stiere. Der Boden erbebte unter ihren mächtigen Hufen.

Die anderen beiden Illager mit ihren grauen Quadratschädeln trugen Eisenäxte, mit denen sie mühelos jede Holztür zertrümmern konnten, um Dorfbewohner – ihre bevorzugten Opfer – aufzustöbern und zu töten. Es waren Diener, die Grunzlaute ausstießen, die so klangen wie »Ä-hem!«.

Der Eisengolem stellte sich der Überzahl tapfer entgegen, doch er wurde augenblicklich von mehreren Pfeilen aus den Armbrüsten niedergestreckt.

Die Illager stürmten aber nicht an ihm vorbei in das Dorf. Der Kommandant deutete stattdessen auf die Gefährten und stieß einen Laut aus, der an das Heulen eines Wolfes erinnerte.

»Jungs, der meint uns«, stellte Ela lapidar fest. Auch sie zog jetzt das Diamantschwert. »Wenn die Ärger wollen, dann können sie den haben.«

Die Illager begannen die Gefährten zu umkreisen. Josh kam sich vor wie in einem Film: ein Cowboy, der von Indianern umzingelt war. In diesen Filmen gab es jedoch meistens eine Wagenburg, die den Cowboys Deckung bot. Aber genau die hatten Josh und seine Gefährten gerade nicht. Schon prasselten Pfeile auf sie.

Wie gut, dass sie Diamantrüstungen trugen. Josh, Finn und Ela nahmen den Baumeister, der keine solche Rüstung besaß, in ihre Mitte, um ihn zu schützen, und erwiderten das Feuer mit Pfeil und Bogen.

Josh holte einen der Plünderer aus dem Sattel. Der Kerl krachte auf den Boden und löste sich in einer Pixelwolke auf.

Doch die anderen ließen nicht nach, griffen mit unverminderter Entschlossenheit an.

Plötzlich schrie Pete auf. Ein Pfeil hatte ihn erwischt.

»Schnell, ein Trank der Heilung«, rief Josh.

Pete nickte mit schmerzverzerrtem Gesicht. »Habe ich dabei. Immer. Ich bin schließlich mit einer Hexe verheiratet. Aber kümmert euch nicht um mich, sondern um diese verdammten Monster.«

Jetzt rückten die beiden Diener mit ihren Äxten vor, sie bewegten sich quasi im Schatten der Bestien, auf denen die Plünderer ritten.

Ela, Finn und Josh konzentrierten ihre Pfeile auf das erste Reittier. Ihre Waffen durchschlugen den Schutzpanzer, und das elende Biest ging in die Knie, wobei es den Kommandanten abwarf.

Blitzschnell sprang Ela vor und tötete den Anführer der Illager-Patrouille.

Als die verbliebenen Angreifer sahen, dass ihr Kommandant gefallen war, stoppten sie den Angriff.

»Nichts wie weg, am besten rein ins Dorf!«, brüllte Josh.

Sie hetzten los, stürmten am toten Eisengolem vorbei und gelangten in die Siedlung. Aus den Häusern lugten verängstigte Dorfbewohner hervor. Kinder drängten sich weinend an die Beine ihrer Mütter.

Ein älterer Mann, bei dem es sich um einen Geistlichen handelte, eilte heran und machte eine abwehrende Handbewegung.

»Verschwindet!«, schrie er die Gefährten an. »Ihr bringt nur Tod und Vernichtung!«

»Was?«, entfuhr es Ela.

»Geht. Sofort!«, flehte der Geistliche. Er keuchte. Zitternd deutete er auf Ela. »Wir haben gesehen, dass du es warst, die den Kommandanten getötet hat. Und jetzt wird der Tod über uns alle kommen, wenn du und deine Freunde nicht abhaut!«

Ela starrte die Brüder und Pete verständnislos an. »Spinnt der?«

Andere Dorfbewohner kamen hinzu, Schäfer, Bauern, Gerber, ein Panzermacher, ein Schmied und ein Nichtsnutz.

»Geht!«, schrien sie im Chor. Der Schmied hob sogar drohend seinen Hammer.

»Die haben recht, Ela«, sagte Finn unvermittelt. »Als du den Anführer der Illager getötet hast, hast du den Status böses Omen bekommen!«

Ela schlug sich mit der flachen Hand vor die Stirn. »O ja, stimmt! Das hätte ich wissen müssen. Aber das habe ich im Eifer des Gefechts nicht auf dem Zettel gehabt«, gab sie zerknirscht zu.

»Ja, wir hätten anschließend nicht in das

Dorf rennen dürfen. Denn wenn man den Kommandanten einer Illager-Patrouille tötet und danach ein Dorf betritt, folgt gleich ein Überfall von Plünderern und Dienern. Sie werden den Tod ihres Anführers rächen wollen. Das habe ich auch nicht bedacht«, sagte Finn und drehte sich um. »Und jetzt ist es zu spät!«

Eine Art Jagdhorn ertönte. Die Illager stürmten auf sie zu, die ersten Pfeile flogen.

Auf die Stirn des Geistlichen trat Schweiß. »Seht ihr?«, kreischte er. »Das ist eure Schuld! Sie werden uns alle töten!«

Er flitzte in das nächstbeste Gebäude und schlug die Tür zu. Die anderen Dorfbewohner flüchteten ebenfalls, suchten in ihren Häusern, dem Rathaus oder in der Schmiede Schutz. Die Glocke wurde geläutet, ihr Bimbam mischte sich in die knirschenden Geräusche von sich in Türen schlagenden Äxten.

Die Diener droschen wie besessen auf die ersten Pforten ein. Schreie wurden laut.

Die Gefährten suchten Deckung hinter einem Brunnen und nahmen die Angreifer ins Visier. Sie konzentrierten sich auf die Diener, um zu verhindern, dass sie in eines der Gebäude eindrangen. Es gelang ihnen, diese beiden Monster zurückzutreiben.

Dafür waren die Plünderer zunächst nicht zu stoppen. Sie donnerten auf ihren Bestien durch den Ort. Schnaubend trampelten die Viecher durch die Felder der Bauern, während die Reiter jeden jagten, der sich ihnen in den Weg stellte oder nicht mehr rechtzeitig Schutz gefunden hatte. Gleichzeitig rissen sie die Schmiede und das Rathaus ein. Rauch stieg auf, denn die Schmiede hatte Feuer gefangen. Die Illager zogen eine regelrechte Schneise der Verwüstung durch das Dorf.

»Stoppt sie!«, schrie Pete, der begonnen hatte, einen hübschen Sprengsatz aus TNT zu basteln.

»Was glaubst du, was wir gerade versuchen?«, entgegnete Josh. Unablässig feuerte er seine Pfeile auf die Angreifer. Doch die waren gar nicht so einfach zu erledigen – zum einen, weil die Monster in Bewegung waren, und zum anderen, weil der Rauch die Sicht behinderte.

Da warf Pete seine Bombe und zerstörte damit einen der Illager. Daraufhin zogen sich die Monster zurück – für einen Moment herrschte angespannte Stille.

»Das war es noch nicht«, ahnte Finn. »Noch lange nicht. Diese Übergriffe erfolgen immer in mehreren Wellen.«

»Ja, es können bis zu sieben Attacken werden«, wusste Josh. »Die Illager werden nicht lockerlassen. Die kommen wieder …«

Im Reich der roten Riesenpilze

Josh sollte recht behalten. Besessen von ihrer Lust an der Zerstörung griffen die Illager wieder und wieder an. Die Gefährten versteckten sich jetzt nicht mehr am Brunnen, sondern vorn am Turm, so dass sie die Angreifer schon sehr früh in Empfang nehmen und abwehren konnten.

Kurz vor der dritten Welle meinte Finn leise: »Lasst sie diesmal ruhig ins Dorf kommen – und dann nehmen wir sie von allen Seiten unter Feuer.«

Der Plan gelang: Als die verbliebenen Plünderer und Diener etwa auf der Höhe der verschanzten Gefährten waren, feuerten sie quasi aus allen Rohren. Der Baumeister steuerte noch einen feinen Sprengsatz bei, der einen der Reiter atomisierte – und nun hatte der Spuk endlich ein Ende.

»Klappt doch«, kommentierte Ela und grinste.

Hinter ihr trauten sich die Dorfbewohner aus ihren Häusern und Unterschlupfen hervor. Sie waren bleich und nach wie vor völlig verängstigt.

»Ich glaube, es ist niemand von ihnen verletzt oder sogar getötet worden«, sagte Josh leise.

»Ja, zum Glück«, erwiderte Finn.

Anklagend deutete der Geistliche auf die Trümmer, die einmal das Rathaus und die Schmiede gewesen waren: »Seht, was ihr angerichtet habt!«

Wir? Das war doch die verdammten Illager gewesen!, dachte Finn, hielt aber den Schnabel, weil ihm klarwurde, dass der

Geistliche nicht ganz falschlag. Schließlich hatten er und seine Gefährten die Illager durch den Status *böses Omen* ins Dorf gelockt. Natürlich war das keine Absicht gewesen, aber das spielte keine Rolle.

»Wir können euch helfen, die Gebäude wieder aufzubauen«, bot Pete an. »Davon verstehe ich eine ganze Menge.«

»Ja«, rief Ela, die ein sehr schlechtes Gewissen hatte. »Pete ist Baumeister.«

»Aber was ist mit Wanda?«, warf Finn ein. Jede Minute war doch kostbar!

Pete schüttelte den Kopf. »Glaub mir, dass ich wegen ihr auf heißen Kohlen sitze. Aber wir haben das Leid der Dorfbewohner verursacht. Wir dürfen jetzt doch nicht einfach weiterziehen und so tun, als ginge uns das nichts an. Nein, das kann ich nicht. Wir werden uns eben beeilen.«

»Okay«, sagte Finn, dem das einleuchtete. Er bewunderte den Baumeister für diese Einstellung.

Der Prediger nickte. »Gut, dann mal ran an die Arbeit.«

Vermutlich in absoluter Weltrekordzeit wurden das Rathaus und die Schmiede wieder aufgebaut. Das Kommando übernahm wie ganz selbstverständlich Pete. Rathaus und Schmiede erstrahlten in altem Glanz.

Die Dorfbewohner boten den Gefährten an, die kommende Nacht bei ihnen zu verbringen.

»Nein, danke«, entschied Pete. »Wir haben es sehr eilig.«

»Aber es wird bald dunkel. Willst du wirklich nachts in den dichten Wald?«, fragte Ela ungläubig.

»Klar, denn es macht in diesem Gebiet kaum einen Unterschied, ob es Tag oder Nacht ist«, erwiderte Pete. »Dort ist es immer so finster, dass jederzeit Monster aufkreuzen können.«

Josh nickte und wandte sich an die Dörfler: »Sagt mal, habt ihr zufällig einen Magier gesehen, mit einer Hexe, die er entführt hat? Und falls ja, könnt ihr uns sagen, an welcher Stelle die beiden in den dichten Wald gegangen sind?« Diese Information könnte ihnen eine Menge Zeit sparen, hoffte er.

Ein Bauer schüttelte vehement den Kopf. »Nein, nein, nein!«, sagte er schnell, als habe Josh gefragt, ob gerade die Pest an die Tür des Rathauses geklopft habe. »Zum Glück ist ein solcher Widerling hier nicht vorbeigekommen.«

»Na schön«, seufzte Josh und schaute die anderen fragend an: »Sollen wir?«

»Bin schon unterwegs«, antwortete der Baumeister, verabschiedete sich kurz von den Dörflern und stapfte los.

Wenig später waren sie an ihrem Ziel: Wie eine düstere Mauer türmte sich der dichte Wald vor ihnen auf – eine undurchdringlich wirkende Masse aus dunkelgrünem Einerlei, die mit jedem Ast und Zweig zu sagen schien: Komm nur in mein Reich, aber wenn du es tust, dann auf eigene Gefahr.

Die Schwarzeichen mit ihren zwei mal zwei Blöcken dicken Stämmen ragten wie ein Heer aus hölzernen Soldaten vor ihnen auf. Ihre ausladenden Kronen schluckten das Licht. Nur vereinzelt duckten sich normale Eichen und Birken unter das dichte Laubdach der Schwarzeichen.

»Welchen Weg hat Darkside gewählt?«, grübelte Josh.

Statt zu antworten, ging Finn ein Stück am Waldrand entlang und spähte in das Biom. Unvermittelt leuchtete etwas auf: Ein roter Riesenpilz strahlte aus der farblichen Tristesse. Dann fiel Finn noch etwas auf. Er winkte die anderen heran.

»Hast du etwa eine Spur gefunden?«, fragte Josh neugierig.

»Das wäre zu viel gesagt«, antwortete sein Bruder. »Aber hier ist so etwas wie ein Pfad. Eine Schneise zumindest. Seht ihr?«

Zwischen zwei Stämmen war tatsächlich eine Art Weg. Aber war Darkside wirklich hier entlanggegangen, hatte er hier die arme Wanda vor sich hergetrieben? Führte dieser Pfad zu einem Waldanwesen, in dem sich ein Magier wie Darkside aufzuhalten pflegte?

Finn sah den anderen an, dass sie – ebenso wie er – ihre Zweifel hatten. Doch welche Alternative gab es? Irgendwo mussten sie mit der Suche beginnen, und wenn nicht hier, wo dann?

Ohne Diskussionen drangen die Gefährten in den Wald ein. Finn übernahm die Führung.

»Sollen wir Fackeln anmachen?«, schlug Josh vor.

»Lieber nicht«, entschied Finn. »Der

Lichtschein könnte uns verraten. Vielleicht bekommt Darkside dann mit, dass er verfolgt wird und lauert uns auf.«

»Okay«, murmelte sein Bruder. »Da ist was dran.«

Also tappten sie im Halbdunkel weiter.

Nach wenigen Schritten hob Finn die Hand und legte einen Finger auf die Lippen. Ein verdächtiges Geräusch war an seine Ohren gedrungen – eine Mischung aus Schlürfen und Zischen, das ihm nur zu vertraut war.

Das war doch eine … wie aus dem Nichts flog die Spinne mit ihren rot glühenden Augen heran. In letzter Sekunde konnte Finn sein Schwert ziehen und zustoßen. Er erwischte das Monster am Kopf. Noch ein Schlürfen und Zischen, etwas kläglicher jedoch – dann starb das Biest und dropte ein Spinnenauge, das man prima als Zutat für bestimmte Tränke gebrauchen konnte.

»Das geht ja gut los«, maulte Ela. »Ich liebe solche Waldspaziergänge.«

Sie gingen weiter, folgten dem Pfad (wenn es denn einer war) und drangen so immer tiefer in den Wald ein. Ständig spähten die Gefährten in alle Richtungen.

Ihre Vorsicht war angebracht. Denn nach der Spinne folgten Creeper, Schleime und Endermen, die Finn, Josh, Ela und Pete ohne große Mühe ausschalteten.

Etwas mehr Ärger hatten die Gefährten mit einer Gruppe von Hühnerreitern. Flinke Zombiekinder mit ihren giftgrünen Klotzschädeln ritten auf fetten Hühnern heran, gaben ihre an ein Schnarchen erinnernden Töne von sich und griffen die Freunde an.

»O Mann, diese Krabbelgruppe ist wirklich nervig!«, rief Ela und holte eines der fiesen Zombieblagen mit einem gezielten Schwerthieb aus dem Sattel. Das Huhn lief ziellos weiter und verschwand.

Nach und nach lichteten sich die Reihen der Hühnerreiter. Schließlich gab es die untote Kinderbande auf und verkrümelte sich.

Schweigend marschierten die Gefährten weiter und erreichten schließlich eine kleine Lichtung neben einem der seltenen roten Riesenpilze.

»Ich brauche eine Pause«, meinte Josh. »Nur kurz.«

Auch die anderen waren müde und erschöpft. Vor allem waren sie alle enttäuscht. Was hatten sie bisher erreicht? Nichts! Keine Spur von Wanda und ihrem Entführer. Doch niemand wagte es, das auszusprechen.

Sie bauten sich eine Hütte als Schutz vor den bösen Geschöpfen der Nacht und fielen in einen unruhigen Schlaf.

Und so merkte keiner von ihnen, dass sich ihrer kleinen Behausung eine nachtblaue Gestalt näherte, die einen Bogen trug und in deren Augen die Gier leuchtete: ein Illusionist, der es auf die wertvolle Ausrüstung der Gefährten abgesehen hatte. Um an die Waffen, Rüstungen und Tränke heranzukommen, musste der Illager die Freunde ausschalten – und genau das hatte er vor. Dafür musste er warten, bis die Brüder, Ela und Pete die Schutzhütte verließen.

Der Illusionist lauerte im Schatten einer Schwarzeiche.

Als die Gefährten nach der Rast aus dem Häuschen traten, attackierte der Illager sie: Er riss seine Arme hoch, und schwarze Partikel stiegen auf. Damit führte der Illusionist einen bösen Zauber aus, der sein erstes Opfer – es war Josh – für zwanzig Sekunden erblinden ließ. Schreiend brach der Junge zusammen.

Während Finn seinen Bruder zurück in die Hütte und somit aus der Schusslinie zog, rief er den anderen zu: »Gebt es diesem Mistkerl!«

Pete und Ela sprangen hinter Baumstämme, um vor der Magie des Illagers geschützt zu sein, und feuerten auf ihn.

Da vollführte der Illusionist den zweiten Zauber, den er beherrschte und der den ersten an Stärke noch übertraf: Wieder hob er die Arme, wobei diesmal blaue Teilchen aufstiegen. Jetzt wurde er für eine Minute unsichtbar und beschwor zugleich vier Doppelgänger herauf, die wie auf ein geheimes Kommando hin gleichzeitig ihre Bögen spannten.

Das düstere Waldanwesen

»Feuer einstellen und bleibt in Deckung«, rief Finn von der Tür und wandte sich an Josh. »Wieder alles klar bei dir?«

»Jep«, antwortete sein Bruder. »Ich kann wieder sehen.«

»Zum Glück«, atmete Finn auf. Dann ergänzte er: »Ich habe eine Idee, wie wir den Illusionisten ausschalten. Sein Unsichtbarkeitszauber verliert gleich seine Wirkung. In diesem Moment trete ich vor die Tür. Er wird seinen Blindheitszauber auf mich richten, und genau dann musst du ihn mit einem Pfeil erwischen. Alles klar?«

»Du willst dich von ihm blenden lassen?«, fragte Josh.

»Ich hoffe, dass du schneller bist«, erwiderte Finn und verließ die Hütte, als die Minute verstrichen war, die der Unsichtbarkeitszauber andauerte.

Schwups, schon war der Illusionist wieder sichtbar. Gleichzeitig verschwanden seine unheimlichen Doppelgänger. Der Illager schaute zu Finn – jetzt hatte er jemanden, den er attackieren konnte.

Josh lauerte am Fenster, halb verdeckt von einem Würfel. Konzentriert hob er den Bogen, spannte die Sehne, zielte …

Als die schwarzen Partikel aus den Händen des Illusionisten aufstiegen, verließ Joshs Pfeil den Bogen.

Es war ein guter Schuss, der den Illager mitten in die Brust traf. Die Säule der aufsteigenden Partikel fiel in sich zusammen, der Illusionist sackte auf die Knie, kippte vornüber und löste sich auf.

»Wie war ich?«, fragte Josh, als er neben seinem Bruder stand.

»Phan-tas-tisch«, lobte Finn. »Wenn du nicht so klein wärst, wärst du echt der Größte.«

Für den blöden Spruch trat Josh ihm vors Schienbein, nicht allzu fest, aber doch so, dass es ein bisschen weh getan haben musste.

Prompt hüpfte Finn auf einem Bein. »Du Irrer, du hat mir die Gräte durchgetreten. Beim Fußball hättest du für so ein Foul rot gesehen.«

»Hehehe«, machte Josh nur.

Nun kamen auch Ela und Pete hinzu.

»Bekämpft ihr euch jetzt gegenseitig?«, fragte der Baumeister kopfschüttelnd.

»Auf keinen Fall, das sieht nur so aus«, erwiderte Josh.

»Na ja, ich weiß nicht«, murrte Pete. »Spart eure Kräfte, ihr werdet sie brauchen.«

»Wie wahr«, meinte Ela. »Aber Hauptsache, wir haben diesen Illusionisten ausgeschaltet. Wohin jetzt?«

Der Baumeister deutete auf den Dschungel. »Das da, das könnte der Pfad sein. Hoffentlich führt er uns zu einem Waldanwesen.«

Doch das tat er zunächst nicht. Die Gefährten irrten durch den dichten Wald, ohne auf das gesuchte Gebäude zu stoßen, in dem sie den Magier Darkside und vor allem die Hexe Wanda vermuteten. Immer wieder wurden sie von Monstern attackiert. Ein weiterer Illusionist war glücklicherweise nicht darunter.

Es waren kleine Scharmützel, aus denen die Freunde ohne Blessuren als Sieger hervorgingen. Einmal mehr waren Finn, Josh und Ela froh, so gute Rüstungen und Waffen zu haben.

Zweimal brach die Nacht herein, wobei das von den Lichtverhältnissen her in diesem stets finsteren Biom kaum einen Unterschied machte. Wenn es überhaupt einen gab, so bestand er darin, dass nun noch mehr Bestien spawnten. Sicherheitshalber verkrochen sich die Gefährten jedes Mal in eilig errichteten Hütten, um dort zu schlafen und etwas zu essen.

Am dritten Morgen fühlte sich Josh einfach nur noch leer. Die Suche kam ihm so sinnlos vor. Seit Tagen hatten sie nichts erreicht. Vermutlich verbarg sich Darkside mit Wanda an einem ganz anderen Fleck in diesem elenden Wald, der so unendlich viele Versteckmöglichkeiten bot. Vielleicht waren sie ja auch im Kreis gelaufen? Wer mochte das in diesem dunkelgrünen Einerlei schon sagen?

Aber nachdem Josh einen kurzen Blick zu Pete geworfen hatte, hütete er seine Zunge. Der Baumeister sah schlecht aus, angespannt, müde und ausgemergelt –

doch in seinen Augen leuchtete noch Hoffnung. Josh war klar, dass Pete keineswegs ans Aufgeben dachte, jedenfalls noch nicht, und der Junge wollte ihn nicht mit irgendwelchen Ansagen wie »Lasst uns umdrehen, das bringt doch nichts mehr« demoralisieren.

Also stapften sie weiter durch diese Hölle, auf einem Weg, der vielleicht gar keiner war oder sonst wohin führte. Niemand sprach etwas, dumpf trotteten sie hintereinanderher. Der Baumeister ging voran, auch er verloren in seine eigenen Gedanken, die vermutlich so düster waren wie die Umgebung.

Die Zeit verging, und niemand hätte zu sagen gewusst, wie viel.

Schließlich blieb Pete stehen und drehte sich um. »Wenn ihr wollt, geht nach Hause. Es ist okay. Wirklich, ich meine das ernst. Ich kann nicht verlangen, dass ihr mit mir sinnlos durch diese Gegend lauft.«

Sinnlos? Pete hatte *sinnlos* gesagt, dachte Josh. O nein …

»Kommt nicht in Frage«, sagte Finn, und Ela nickte.

»Ja, wir lassen dich nicht allein«, fügte Josh hinzu.

Ein schwaches Lächeln huschte über das Gesicht des Baumeisters. »Das rechne ich euch hoch an. Aber wenn wir bis zur nächsten Nacht nichts erreichen, müsst ihr zurück. Keine Widerworte.«

Dann ging er weiter.

Wieder verging eine halbe Ewigkeit, in der sich nichts tat, bis … ja, bis Pete plötzlich einen unterdrückten Schrei ausstieß.

»Da … da … da ist ein Waldanwesen!«, stammelte er heiser.

Josh, Finn und Ela traten neben ihn und schaute in die Richtung, in die der Baumeister deutete.

Und da war es: Auf einer Lichtung ragte

ein gewaltiges Gebäude auf, das überwiegend aus dunklen Schwarzeichenbrettern errichtet war und entsprechend düster wirkte. Es hatte drei Stockwerke. Das untere und das mittlere waren gleich groß, das obere kleiner. Wie eine Krone saß es auf den anderen beiden Etagen.

Die Fassade war reich mit hellen Bruchsteinen verziert, die die Stockwerke voneinander abgrenzten und die Fenstersimse bildeten. Während die oberen beiden Stockwerke viele Glasfenster hatten, gab es unten gerade einmal zwei – und zwar rechts und links des einzigen Zugangs zum Anwesen, der auf einem kleinen, von Fackeln beleuchteten Podest ruhte und keine Tür hatte. Ein roter Teppich lag im Flur, der regelrecht einladend wirkte.

»Ob Darkside meine Wanda hier gefangen hält?«, überlegte der Baumeister im Flüsterton. Die Aufregung, die ihn erfasst hatte, war deutlich herauszuhören.

Auch Josh, Finn und Ela waren aufgeregt. Endlich hatten sie eine Spur gefunden, und zwar nicht nur eine vage Spur, sondern eine richtige.

»Um das herauszufinden, müssen wir uns da drinnen umsehen«, sagte Ela ebenso leise. »Den roten Teppich hat man ja schon für uns ausgerollt …«

»Das sieht nur so nett aus. Das wird eine Falle sein«, sagte Josh.

Ela grinste schief. »Was du nicht sagst … Glaubst du, dass ich das nicht wüsste?«

»Ist ja schon gut«, grummelte Josh. »Sei doch nicht immer so schnell beleidigt.«

»Ich?« Ela tippte sich an die Stirn. »Das sagt der Richtige!«

Finn hörte nicht mehr hin, sondern kramte in seinem Gedächtnis. Beim Zocken war er natürlich auch schon mal in einem solchen Gebäude gewesen, aber das war schon eine Weile her. Doch eines wusste er noch ganz sicher: In diesem Gebäude erwartete sie vermutlich die pure Hölle. Dort wimmelte es vor fiesen Monstern. Außerdem gab es unzählige verwinkelte Räume, in denen Fallen aufgebaut sein konnten. Und wenn sich Darkside wirklich hier verkrochen hatte, würde er, ohne zu zögern, seine Plagegeister auf sie hetzen, diese geflügelten Todesengel.

»Hört auf zu streiten«, stoppte Pete jetzt Ela und Josh. »Manchmal komme ich mir vor wie im Kindergarten.«

»Na ja, bei Josh passt das ja auch noch«, frotzelte Finn und machte einen Schritt zurück, um nicht wieder einen Tritt vors Schienbein zu bekommen.

»Laberkopf«, meinte Josh nur. »Und jetzt: Auf geht's!«

Vorsichtig drangen die Gefährten in das Bauwerk ein, die Schwerter gezückt, die Ohren gespitzt.

Böden und Decken bestanden aus Birkenholzbrettern, auf die der Schein von Fackeln fiel, die auf Schwarzeichenzäunen befestigt waren.

Nach wenigen Schritten gelangten sie zu einer Eisentür. Joshs Herz schlug schneller. War das eine Gefängniszelle, war dort vielleicht Wanda eingekerkert?

Josh packte den Hebel und war überrascht, dass er sich drehen ließ. So konnte er in den Raum spähen. Es war tatsächlich eine Kerkerzelle. Doch sie war leer.

Auch im nächsten Raum war bis auf ein Regal mit einem geschnitzten Kürbis nichts. Dann folgten eine kleine Bibliothek, ein Raum mit einer Obsidianskulptur, die wie ein Tannenbaum geformt war, und ein Lager mit Wolle in diversen Blautönen.

Dann sahen die Gefährten einen Raum mit einem Kessel und mehreren Sternlauchblumen in Töpfen, verschiedene Farmen für Weizen, Pilze, Kürbisse und Melonen sowie eine Baumschule, in der

Schwarzeichensetzlinge aufbewahrt wurden. Auf dem Boden lag ein grüner Teppich.

Doch nirgends war jemand zu sehen. Kein Magier, keine Monster und vor allem: keine Hexe Wanda. Hinzu kam, dass alles irgendwie friedlich wirkte. Doch die Freunde wussten, dass dieser Schein trog.

In einem Raum mit einem Schachbrettmuster beratschlagten sie sich.

»Hier unten scheint nichts zu sein. Also müssen wie in die erste Etage«, sagte Finn.

»Ganz richtig«, erwiderte Pete. »Aber Vorsicht, vor allem in den Versammlungs- und Besprechungsräumen oder dem Raum mit dem großen Magieraltar: Da kann Darkside lauern. Lasst mich mal vorgehen.«

Ohne eine Antwort abzuwarten, übernahm er jetzt die Spitze. Über ein Treppenhaus, das mit dem Bildnis eines Illagers geschmückt war, gelangten sie in das erste Obergeschoss und stießen neben einem

Säulenraum auf einen Endportalraum mit von Silberfischchen befallenen Steinen. In der Mitte stand eine Truhe.

»Da drin ist Redstone«, wusste der Baumeister. »Aber das gute Zeug ist von den beiden TNT-Blöcke geschützt, die ihr dort seht. Wenn jemand die Truhe unüberlegt öffnet, fliegt alles in die Luft.«

Er beugte sich über die gefährliche Konstruktion. »Oha«, sagte der Experte für Explosionen. »Hier war ein wahrer Meister am Werk. Ein falscher Griff, und es gibt eine besonders heftige Detonation. Na ja, dann sollten wir jetzt ...«

Weiter kam er nicht, weil in diesem Moment eine eiserne Axt direkt neben seinem Kopf an die Wand knallte.

Das Totem

»Diener!«, schrie Pete, der herumgewirbelt war. »Hier sind überall Diener!«

Die Illager waren aus dem angrenzenden Säulenraum gekommen, ein Raum, in dem sie oft spawnten. Auch Kerkerzellen und Lager mochten die dunkelgrauen Fieslinge, die so gerne auf alles und jeden mit ihren Beilen einhackten. Die Diener stießen wieder ihre Grunzlaute aus: »Ä-hem!«

Der Baumeister streckte den Diener, der es auf ihn abgesehen hatte, nieder. Gleichzeitig ging Ela in die Knie und führte das Diamantschwert wie eine Sense auf Hüfthöhe der Monster.

Zack, zack, zack – drei der elenden Beilschwinger gingen zu Boden.

»Coole Technik!«, lachte Josh und machte es ihr nach. Mit Ela und Finn drosch er auf die Biester ein und machte aus ihnen Konfetti. Dabei rief er immer wieder »Johnny, Johnny!«. Es klang fast wie ein Gesang.

Die Schlacht war hart, aber kurz. Die Illager hatten keine Chance gehabt und ihren Angriff teuer bezahlt.

Rasch fügten die Gefährten die Drops der Gefallenen in ihre Inventare ein: wertvolle Diamanten, die vor allem beim Handeln mit Dorfbewohnern sehr nützlich waren.

»Wenn hier so viele Johnnys sind«, meinte Josh, »dann ist vielleicht auch der Magier nicht mehr fern.«

»Gut möglich. Vielleicht waren die Kerle so etwas wie eine Leibwache«, meinte Pete.

Sie spähten aus dem Endportalraum in den Flur. Niemand zu sehen.

»Na, dann mal weiter«, flüsterte Ela.

»Ja, aber wohin als Nächstes?«, grübelte Finn, als er mit den anderen im Gang stand. »Rechts oder links? Oder ganz nach oben?«

Der Baumeister seufzte leise. »Gute Frage. Diese Waldanwesen sind so unübersichtlich! Jedes Stockwerk ist anders, der Erbauer kann es aus einer Auswahl von über siebzig Räumen zusammenstellen. Manche Kammern sind zudem zugemauert. Man entdeckt sie nur, indem man die Wand einschlägt.«

»Aber woher soll man wissen, hinter welcher Wand sich eine dieser versteckten Kammern befindet?«, fragte Josh.

»Keine Ahnung«, gab Pete zu. »Genau das ist das Problem. Es steht ja schließlich nicht draußen dran. Ich kann nur hoffen, dass Wanda nicht in einem solchen Raum eingesperrt ist.« Er senkte die Stimme, klang plötzlich unendlich traurig. »Sonst finden wir sie vielleicht nie.«

Finn klopfte ihm auf die Schulter. »Nicht aufgeben!«

Der Baumeister sah ihn an. »Aufgeben? Das ist für mich ein Fremdwort!«

»Sehr gut!«, lobte Finn.

Aufs Geratewohl marschierten sie nach links. Am Ende des Flures befand sich eine weitere Treppe, die nach oben führte.

Als sich die Gefährten ihr näherten, wurde das Licht der Fackeln schwächer. Die Flammen tanzten unruhig, drohten auszugehen. Die Umgebung versank in Schatten.

Finn blieb stehen. »Hier stimmt was nicht ...«

Auch die anderen stoppten.

Nun drang ein Klagen an ihre Ohren: ein vielstimmiger Chor verlorener Seelen, der von den Wänden widerhallte und sich wie ein Echo durch den Gang fortsetzte.

Dann spürten die Gefährten ein Pochen unter ihren Füßen. Es wurde stärker, einem Stampfen gleich – als würde jemand versuchen, durch den Boden zu brechen.

Finn wollte schon mit den anderen zurückweichen, als der Chor verstummte und stattdessen eine dunkle Stimme durch das Zwielicht schnitt.

»Willkommen.« Mehr nicht, nur dieses eine Wort.

Eine Gestalt wurde sichtbar. Zunächst wirkte sie wie durchscheinender Geist, doch dann waren ihre Konturen klar umrissen.

»Darkside!«, rief Pete.

»Sehr richtig«, antwortete das Wesen in der schwarzen Kluft. »Und mit wem habe ich die Ehre?«

Der Baumeister trat auf den Magier zu.

»Vorsicht«, warnte Josh. Seine Hand ruhte auf dem Griff des Schwertes.

Aber Pete war nicht aufzuhalten. »Was sollen diese dämlichen Floskeln?«, blaffte er Darkside an. »Du hast meine Frau Wanda entführt. Und ich bin ihr Mann, Pete. Das weißt du ganz genau.«

»Ja, ja«, lautete die Antwort. »Aber die drei Krümel hast du mir noch nicht vorgestellt.«

Krümel? Josh zog das Schwert und stellte sich neben Pete. »Die Krümel werden dir gleich einheizen, du Vogelscheuche.«

Der Magier wirkte völlig unbeeindruckt und lächelte herablassend. »Ach komm, Kleiner, plustere dich nicht so auf«, sagte er und wandte sich wieder an den Baumeister: »Was kann ich für dich tun?«

Pete traten fast die Augen aus dem Kopf. »Das fragst du noch? Du wirst Wanda freilassen!«

Aus dem Lächeln wurde ein lautes Lachen.

»Nicht doch«, sagte Darkside, nachdem

er sich einigermaßen beruhigt hatte. »Ich brauche die Gute schließlich. Sie wird mir dienen, solange ich es für nötig halte. Dann kannst du sie zurückhaben. Vielleicht.«

Wenn Josh, Finn und Ela den Baumeister nicht zurückgehalten hätten, hätte er sich in diesem Augenblick auf den Magier gestürzt.

»Überlass den uns«, meinte Josh beruhigend. Mit einem kurzen Seitenblick vergewisserte er sich, dass auch Finn und Ela kampfbereit waren. »Geben wir es ihm.«

»Da nehmt ihr euch zu viel vor«, grollte der Magier. »Das werdet ihr nicht überleben.« Dann hob er die Arme, kringelige Partikel stiegen auf – und die Plagegeister erschienen. Die Kreaturen stürzten sich im Namen ihres Beschwörers auf die Gefährten, wobei sich wieder die typischen, rot gezackten Muster auf ihren geflügelten Körpern bildeten – das Zeichen ihrer Wut,

Aggression und mörderischen Entschlossenheit.

Ihre Schwerter blitzten im Schein der Fackeln auf, als sie auf die Gefährten niedersausten.

Finn wurde an der Schulter getroffen. Ein jäher Schmerz durchzuckte ihn und raubte ihm den Atem.

Ela sprang ihm bei und holte den Geist aus der Luft.

»Der Geizhals dropt noch nicht mal etwas«, murrte sie.

»Ja, das haben die so an sich«, rief Josh, der sich ganz klein machte und sein Schwert nach oben stieß, als einer der Angreifer über ihm auftauchte. Der düstere Engel hauchte sein Leben aus.

Seine Artgenossen verhielten sich geschickter, wobei ihnen zugutekam, dass sie durch alle Arten von Blöcken fliegen konnten. Dadurch gelang es ihnen, zum Beispiel unvermittelt hinter den Freunden aufzutauchen. Aber die Gefährten behielten die Oberhand und dezimierten die Geister. Nur einer blieb übrig, und der ergriff die Flucht.

Darkside gab sich aber noch nicht geschlagen. Violette Teilchen schwebten aus seinen Händen und es folgte sein Fangzahnangriffszauber.

Sechzehn äußerst fiese Fangzähne schossen aus dem Boden. Wie hungrige Krokodile schnappten sie zu und verletzten jeden, der das Pech hatte, an dem Ort zu stehen, wo die Dinger gerade spawnten. Dann verschwanden sie wieder im Boden.

Finn schrie gellend, als sich die Zähne eines Eisens in seine Füße gruben. Tränen traten in seine Augen, während der Magier lachte. »Ich habe euch gewarnt«, rief er.

Josh zerstörte das Fangeisen mit wuchtigen Hieben und sorgte dafür, dass sein Bruder rasch geheilt wurde. Wieder leisteten die Tränke wertvolle Dienste.

Nun stürzte sich Finn mit noch mehr Wut ins Kampfgetümmel. Wie ein Berserker schlug er auf die widerlichen Fangeisen ein und arbeitete sich nach vorn vor, wobei er über das eine oder andere Eisen sprang. Jetzt trennten Finn nur noch wenige Schritte vom Magier Darkside, der zu erkennen schien, dass sich das Blatt gewendet hatte und er Verstärkung brauchte.

Zum dritten Mal hob er beschwörend die Arme, vermutlich, um noch mehr Plagegeister zu erschaffen. Doch dazu kam er nicht mehr, weil Finn ihn erreicht hatte und der Magier seine Arme brauchte, um seinen Kopf vor den Schwertschlägen zu schützen: ein sinnloses Unterfangen.

Jammernd sank er auf die Knie, ein Flehen in den Augen. Doch Finn kannte keine Gnade. Dieser verschlagene Typ hatte sie auch nicht verdient. Er besiegte Darkside mit einem letzten Hieb. Dafür erhielt er eine ganz besondere Trophäe: das Totem der Unsterblichkeit.

»Wow, coole Sache«, meinte Josh, als er keuchend neben seinem Bruder stand.

Finn nickte stolz. »Ja, auch wenn der Name ein bisschen übertrieben ist. Das Ding macht einen Spieler schließlich nicht unsterblich, es schützt ihn *einmalig* vor dem Tod. Setzt man das Totem ein, wird es verbraucht.«

»Richtig«, meinte Pete, der mit Ela zu ihnen gekommen war. »Und schade, dass Darkside uns nicht verraten hat, wo Wanda ist. Wir müssen das Gebäude weiter durchkämmen. Auf geht's!«

Ein geheimnisvoller Trank

Sie gelangten in das oberste Stockwerk, und auch hier erwartete sie ein Durcheinander von Räumen.

Josh wollte nicht einleuchten, warum der Erbauer dieses Waldanwesens nicht klare Strukturen geschaffen beziehungsweise bestimmte Raumtypen gebündelt hatte: zum Beispiel alle Lagerräume in einer Etage oder alle Farmen. Aber nein, unten hatten sie eine Melonenfarm gesehen, hier oben standen sie gerade vor einer Weizenfarm mit einem rechteckigen Teich, in dessen Wasser Seerosenblätter schwammen.

»Puh«, kommentierte Josh. »Hier war ein echter Chaot am Werk.«

»Das glaube ich nicht«, widersprach der Baumeister. »Ich vermutete eher, dass das Absicht ist. Der Besucher – oder sollte ich sagen: der Eindringling – soll nie wissen, was ihn erwartet …«

Die nächste Tür, der nächste Raum – diesmal eine Schmiede aus poliertem Andesit mit Lavabecken und Amboss. Aber kein Schmied schwang hier den Hammer.

Auch Monster ließen sich nicht blicken, doch Josh blieb auf der Hut. Das konnte sich schließlich jede Sekunde ändern.

Sie folgten dem Gang, in dem diesmal ein weißer Teppich auslag, und gelangten zu einer Folterkammer, die sich hinter einer weiteren Eisentür auftat.

Josh erschauderte, als er den großen Tisch sah, der mitten in der Kammer stand, und malte sich lieber nicht aus, wofür dieser Tisch wohl benutzt werden mochte.

Gleichzeitig fiel ihm Wanda ein. War sie hier etwa … nein, diesen Gedanken wischte er lieber schnell beiseite.

Er sah Pete jedoch an, dass der angesichts dieses Raumes Ähnliches dachte. Seine Gesichtszüge waren verzerrt und er zitterte leicht.

Rasch verließen sie die Kammer, alle mit einem mulmigen Gefühl.

Das verstärkte sich noch bei Josh, als er sah, dass sie gleich das Ende des Ganges erreicht hatten. Anders ausgedrückt: Sie hatten das Waldanwesen einmal komplett abgesucht – und Wanda nicht gefunden!

Aber waren sie wirklich *überall* gewesen? Hatten sie etwas übersehen? Und was war mit den verborgenen Räumen?

Ein neuer Gedanke kam ihm, nicht minder bedrohlich.

War Wanda gar nicht hier? Hatte Darkside sie an einen anderen Ort verschleppt? Oder war die Hexe gar … tot?

Joshs Magen krampfte sich zusammen. Noch waren sie nicht am Ende des Ganges, noch gab es Hoffnung. Vielleicht hinter der nächsten Tür!

Nein, dort war Wanda auch nicht. Es handelte sich um einen Raum mit einem schönen Baum und einem kleinen Wasserlauf in einem Steinbecken. Regelrecht idyllisch.

Verdammt!, fluchte Josh in sich hinein. Das durfte doch alles nicht wahr sein!

Nur wenige Schritte bis zur Wand, zum Ende des Ganges. Noch eine Tür.

Josh bemerkte, dass Pete langsamer wurde, als wolle er den Moment herauszögern, diesen letzten Türgriff und damit die letzte Chance zu ergreifen, seine Frau wiederzusehen. Lebend.

Nun hatte der Baumeister den Raum erreicht und zog die Pforte auf. Josh spähte an ihm vorbei. Er schluckte hart. Keine Wanda. Es handelte sich bei dem Raum um eine große Bibliothek mit drei hohen Regalen, die vollgestopft waren mit Büchern. Außerdem gab es eine kleine Sitzgruppe samt Tisch.

»O nein«, sagte Pete leise. Er wandte sich ab, den Griff noch in der Hand, als wolle er ihn – seine letzte Hoffnung – nicht loslassen.

»Es war alles umsonst«, fuhr der Baumeister fort, während ihm eine Träne über das Gesicht lief. »Alles umsonst.«

Er tupfte die Träne ab, ließ den Griff nun doch los und ging den Gang in die andere Richtung hinunter, mit schweren, schlurfenden Schritten und hängenden Schultern. Mit einem Mal wirkte Pete alt. Ein alter, gebrochener Mann.

Josh blickte zu Finn und Ela. Die beiden wirkten ebenso traurig wie ratlos. Da lief Josh los und holte Pete ein.

»Du darfst nicht aufgeben«, beschwor er ihn. »Es ist noch nicht vorbei!«

»Das ist echt lieb von dir, dass du mich trösten willst«, meinte der Baumeister. Dann schüttelte er den Kopf. »Aber du weißt selbst, dass wir das gesamte Waldanwesen abgesucht haben.«

»Mag sein«, gab Josh zu. »Allerdings gibt es doch noch die verborgenen Räume. Das hast du selbst erzählt. Vielleicht ist Wanda in einer dieser Kammern.«

»Ja«, stimmte Finn ihm zu, der mit Ela hinzugekommen war. »Wir müssen weitermachen!«

Pete kratzte sich am Kopf. »Und wo wollt ihr in diesem riesigen Gebäude beginnen? Es gibt so viele Kammern, Gänge und Wände. Und überall können Monster lauern!« Er wirkte zunehmend verzweifelt.

»Egal, und wenn wir jede Mauer einreißen und jede Kreatur erledigen müssen!«, rief Josh.

»Das sehe ich genauso!«, pflichtete Ela

ihm bei. »Wenn wir Wanda dann immer noch nicht gefunden haben, ist das natürlich furchtbar. Aber wir hätten wenigstens alles versucht.«

Josh bemerkte, dass die Worte der Freunde den Baumeister aufrichteten, ihm neuen Mut einflößten. Ein Ruck ging durch seinen Körper.

»Ihr habt recht«, sagte er und wirkte plötzlich wieder entschlossen, schon fast angriffslustig. »Packen wir's an!«

Josh ballte die Fäuste. »Richtig, wir drehen jetzt hier jeden Stein um.«

Er wählte die Spitzhacke aus seinem Inventar und hieb sie aufs Geratewohl in die nächste Wand.

»Halt, wir müssen systematisch vorgehen, Raum für Raum«, stoppte ihn der Baumeister. Er teilte sie in zwei Teams ein. Ela und Finn sowie Pete und Josh würden sich rechts und links durch die Kammern vorarbeiten.

Nach einer Weile, Josh befand sich gerade mit Pete in einem kleinen Lager mit vielen leeren Truhen, hatte der Junge das Gefühl, als gäbe es eine Art Echo auf seine Schläge mit der Spitzhacke – und dieses Echo stammte nicht von Pete oder den anderen beiden auf der gegenüberliegenden Seite des Korridors.

»Hört mal alle kurz auf«, rief Josh und legte das Ohr an die Wand.

Ja, ja, ja! Das waren Klopfgeräusche! Kein Zweifel!

Aufgeregt winkte Josh den Baumeister heran – und nun lauschte auch er.

In seine Augen trat ein fiebriger Glanz. »Da … da ist jemand.«

Josh nickte nur und pfiff seinen Bruder und Ela heran.

Dann stemmten sie gemeinsam ein Loch in die Wand und … eine fette Spinne sprang ihnen zwischen zwei weißen Netzen entgegen. Ela bekam gerade noch rechtzeitig die Spitzhacke hoch und verpasste dem Biest einen tödlichen Hieb.

»Nicht schon wieder diese Viecher«, zischte sie dabei genervt.

»Och nö, da ist ein Spawner«, erkannte Josh und deutete auf einen Block, der eine durchsichtige Gitterstruktur hatte und die widerlichen Spinnen erschuf. Rasch machte er dem Spawner mit der Spitzhacke den Garaus.

»Endlich«, erklang es schwach hinter einer wahren Wand von Spinnennetzen.

»Wanda? Bist du das?«, rief Pete.

Die Gefährten kämpften sich mit ihren Schwertern durch die Netze und standen vor einer vergitterten Zelle innerhalb des Raumes, die vollgestopft war mit den seltsamsten Apparaturen – und in der eine Frau stand.

»Wanda!«, schrie Pete überglücklich.

Sie durchbrachen das Gitter. Dann fielen sich der Baumeister und die Hexe in die

Arme, während, Finn, Josh und Ela etwas Abstand hielten, um die beiden in ihrer Wiedersehensfreude nicht zu stören. Eng umschlungen standen die beiden da. Eine Szene, die so rührend war, dass Josh lieber zur Seite schaute, weil man sonst die kleine Träne in seinem linken Augenwinkel bemerkt hätte.

»Ich sah, wie du in den Sumpf gesunken bist, und habe geglaubt, dass du tot bist«, schluchzte die Hexe.

»Finn, Ela und Josh haben mich gerettet«, sagte Pete.

»Ein Glück«, erwiderte Wanda. »Und jetzt habt ihr mich gefunden. Ich habe immer wieder geklopft in der Hoffnung, dass mich jemand hört – außer Dienern und Plagegeistern natürlich.«

Sie löste sich von Pete und schloss nun auch die Brüder und Ela in die Arme.

»Wo ist Darkside?«, fragte sie dann mit besorgter Miene.

Jetzt berichteten die Gefährten von ihrem Marsch zum finsteren Forst, den Kämpfen mit den Plünderern, dem Illusionisten und hier im Waldanwesen.

»Aber nun erzähl du: Was ist alles in der Zwischenzeit passiert?«, bat der Baumeister, als sie geendet hatten, und deutete auf die Apparaturen um sie herum. »Und was soll der ganze Kram hier?«

»Der ganze Kram, wie du es nennst«, erwiderte Wanda milde, »ist ein Labor. Darkside hat mich entführt und hierher verschleppt, damit ich für ihn in diesem Labor einen ganz speziellen Trank braue.«

»Welchen?«, wollte Josh wissen.

Die Hexe atmete tief ein und aus. »Ich habe einen Trank entwickelt, der einen wiederbelebt. Wenn man im Sterben liegt und diesen Trank zu sich nimmt, wird man also weiterleben. Hat man mehrere Tränke, kann man sein Leben auch öfter verlängern.«

»Wie bitte?«, entfuhr es Finn. »Das ist ja noch viel besser als das Totem, das ich vom Magier erbeutet habe! Damit kann ich meinen Tod nur einmal verhindern. Und um ein weiteres Totem zu bekommen, müsste ich erneut einen der höchst seltenen Magier bezwingen.«

Wanda nickte. »Ja, so ist es. Hinzu kommt, dass das Totem dem Magier selbst nichts nützt. Darkside ist sterblich, wie ihr gesehen habt. Er wollte aber unbedingt quasi unsterblich werden, war aber selbst nicht in der Lage, solche Tränke zu brauen. Vermutlich von einem Spitzel oder Spion hat er erfahren, dass ich an etwas in dieser Art arbeitete. Kurz vor dem Überfall auf uns hatte ich es nach unzähligen Versuchen geschafft: Der erste Trank war fertig. Prompt ließ Darkside mich entführen. Ich sollte für ihn große Mengen herstellen, damit der Magier nicht nur sich selbst, sondern auch seine Kreaturen damit versorgen kann. Aber bisher habe ich gerade mal eine Portion geschafft. Es ist jedes Mal eine ziemlich aufwendige Sache, und ich habe mir auch ganz bewusst Zeit gelassen.«

Josh staunte. »Seine Kreaturen sollten sich ebenfalls wiederbeleben können? Damit hätte Darkside eine unbesiegbare Armee erschaffen können.«

Die Hexe nickte. »So war sein Plan. Erst er, dann seine Vasallen.«

»Wie schön, dass dieser Plan nicht aufgeht«, meinte Ela.

»Da wäre ich mir nicht so sicher«, mahnte Wanda. »Erst heute hat Darkside diesen bisher einzigen Trank zu sich genommen ...«

Josh überfiel eisiges Entsetzen. »Dann ist Darkside womöglich gar nicht tot, weil er sich wiederbeleben konnte?«, stieß er atemlos hervor.

Verloren im Labyrinth

»Ja, gut möglich, dass der Magier lebt«, antwortete Wanda.

»Wir müssen hier so schnell wie möglich raus«, meinte Finn.

Josh hatte sich schon zum Ausgang umgedreht. »Was du nicht sagst. Abflug!«

Sie zerfetzten die Spinnennetze und gelangten zum Ausgang des Labors.

Pete flitzte zur Bruchsteintreppe, die sie vorhin benutzt hatten, um heraufzukommen. Doch der Aufgang war verschwunden. Stattdessen war dort ein Raum, aus dem sie ein geschnitzter Kürbis angrinste.

»Seltsam …«, murrte der Baumeister. »Ich bin mir ganz sicher, dass die Treppe vorhin genau hier war.«

»Absolut richtig«, pflichtete Ela ihm bei.

Pete kratzte sich am Kinn. »Das bedeutet, dass jemand das Anwesen umgebaut hat, und zwar in der kurzen Zeit, in der wir in diesem Labor waren.«

»Wie ist das möglich?«, grübelte Finn.

»Eigentlich gar nicht«, meinte Wanda. »Es sei denn, man verfügt über Zauberkräfte.«

Darkside … er lebt ganz sicher noch, dachte Finn, dem ein Schauer über den Rücken lief.

»Schnell, wir brechen einfach durch den Boden, und sobald wir ganz unten sind, notfalls auch durch die Wand, um hier herauszukommen«, schlug er vor.

Gesagt, getan.

Die Gefährten arbeiteten sich ins mittlere Geschoss vor und landeten in einer finsteren Gruft. Eine einzige Fackel spendete diffuses Licht, das auf ein sehr großes Grab fiel, das ebenfalls aus grauem Bruchstein bestand. Vorn war das Grab wie eine Stufenpyramide geformt. Dahinter stand eine Truhe mit schwarzen Kreuzen. Der klagende Gesang war erneut zu hören.

»Sehr kuschelig hier«, kommentierte Ela angewidert. »Fehlt nur noch eine durchgeknallte Mumie oder so was.«

»Seit wann gibt es Mumien in Minecraft?«, fragte Josh grinsend.

Ela rollte mit den Augen. »War nur ein Scherz, Mister Schlau.«

Sie stürmte aus der Kammer, und die anderen folgten ihr. Im Korridor schauten sie sich um.

Wenn Ela sich richtig erinnerte, war die Treppe, die ins Erdgeschoss führte, links von ihnen gewesen. Oder?

Doch, es war links gewesen, da war sie sich ganz sicher. Entschlossen lief Ela in diese Richtung, doch sie kam nicht weit. Der Teppich, der auch hier ausgelegt worden war, begann sich zu bewegen. Er warf Wellen und sorgte dafür, dass Ela stolperte. Auch die Brüder, Pete und Wanda gerieten ins Straucheln.

»Was ist hier los?«, schrie Ela.

Nun bäumte sich das eine Ende des Teppichs vor ihr auf, es schnellte förmlich hoch und schlug nach ihr. Wie eine breite Peitsche kam der blutrote Stoff Ela entgegen und erwischte sie am Kopf.

Sie taumelte nach hinten und stieß gegen Finn, der sie gerade noch auffing und so verhindern konnte, dass das Mädchen zu Boden ging.

»Verdammt, jetzt reicht es aber!«, zischte Ela wütend und hieb mit ihrem Schwert auf den Teppich ein. Sie zerteilte ihn in fünf Stücke.

»So, das wäre erledigt«, glaubte Ela.

Aber da irrte sie sich. Denn die fünf Stücke entwickelten jedes für sich ein Eigenleben: Wie gigantische Fliegen surrten sie um die Gefährten herum.

Ein Teppichfetzen rammte Pete in den Rücken, ein anderer verpasste Josh mit einem Zipfel eine Art Ohrfeige.

»Aua«, brüllte er. Jetzt hieben sie gemeinsam auf die Fetzen ein, die einmal ein zusammenhängender langer Läufer gewesen waren.

Es war gar nicht so einfach, die fliegenden Teppiche aus der Luft zu holen, doch mit vereinten Kräften gelang es schließlich. Der Preis, den die Freunde dafür zahlten, waren ein paar weitere Ohrfeigen.

Stinkig rieb Josh seine schmerzende Wange. »Dieser verdammte Darkside.«

»Bin gespannt, was er noch alles für uns bereithält«, rätselte Wanda.

»Was auch immer das sein mag, ich werde niemals zulassen, dass Darkside dich noch einmal einkerkert«, meinte Pete entschlossen. »Wir kommen hier raus. Versprochen.«

Ela nickte. »Wenigstens ist die Treppe noch da. Kommt.«

Sie betrat die erste Stufe und schrie im selben Moment auf.

Ein Fangzahn war aus der Treppe geschossen und hatte sie verletzt. Jammernd zog Ela sich von der Treppe zurück und sackte zusammen.

»Schnell, ein Trank!«, rief Josh.

Ela kippte ihn runter und war schnell wieder die Alte.

»Ich fasse es nicht, hier sind überall Fallen«, schimpfte sie.

Finn peilte die Lage. »Diese Treppe können wir vergessen«, meinte er. »Also bauen wir uns eine eigene. Oder schlagen ein Loch in den Boden und lassen uns fallen.«

Sie entschieden sich für die Loch-Variante – und erlebten die nächste unangenehme Überraschung. Denn sie befanden sich nicht im Erdgeschoss, wo sie sich eigentlich hätten befinden müssen – sondern immer noch in der mittleren Etage, wie sie mit einem Blick aus dem Fenster feststellten.

»Nicht aufgeben«, meinte Josh nur. Noch ein Loch, noch mal runter.

Doch es war dasselbe Spiel: Wieder waren sie im Mittelgeschoss.

Pete stieß eine Reihe von Flüchen aus. Dann stürmte er zu einem der Fenster und wollte es einschlagen. Als er es erreichte, verschwand es jedoch wie von Zauberhand. Statt Glas war dort nur Bruchstein.

»Egal«, knurrte der Baumeister und schlug auf den Block ein. Schon war er weg, aber dahinter war nicht der Wald, sondern eine Farm mit roten und braunen Pilzen.

»Nein, nein, nein«, brüllte Pete fassungslos.

Er wandte sich zu den anderen, Ratlosigkeit im Blick.

»Nicht aufgeben«, wiederholte Josh. Doch auch er hatte zugegebenermaßen keinen Plan, wie sie vorgehen sollten. Aber irgendetwas mussten sie schließlich tun. Oder sollten sie sich hinsetzen und warten, bis der untote Magier aufkreuzte?

»Vorsicht«, hörte er in dieser Sekunde seinen Bruder rufen.

Zu spät, der Plagegeist, der unvermittelt durch die Wand geschwebt war, traf Josh mit dem Schwert im Rücken. Mit einem Schrei kippte der Junge nach vorn. Der Geist setzte nach, die Klinge hoch erhoben.

Da traf Finns Pfeil das Biest am Arm. Ein Schwerthieb von Ela gab dem Monster den Rest. Doch da waren noch zwei andere Geister, mussten die Freunde feststellen. Die Monster stürzten sich in die Schlacht, beseelt von nur einem Gedanken: Sie wollten ihre Gegner vernichten, sie wollten, dass dieses große Waldanwesen ein großes Grab wurde.

Gegen die Schwertkünste der Gefährten, deren Pfeile sowie die feinen Tränke von Wanda, die sie auf die Gegner schleuderte – darunter den Trank der Langsamkeit und den der Vergiftung – hatten die Plagegeister jedoch keine Chance.

»Gut gemacht«, lobte Wanda.

Dann irrten sie weiter durch das riesige Gebäude. Gänge führten zu Mauern, hinter denen weitere Räume lagen – aber nicht der gesuchte Ausgang. Fenster entpuppten sich als Attrappen, hinter denen nicht die Freiheit lag, sondern nur ein schwarzes Nichts.

Immer mehr wurde den Gefährten klar, dass sie durch ein von Meisterhand gebautes Labyrinth tappten.

Weitere Fangeisen schossen aus dem Boden, und vor einem harmlos wirkenden Schlafgemach mit drei Betten aus weißer

Wolle bäumte sich ein Teppich wie eine gewaltige Kobra auf.

Hinter alldem steckte niemand anderes als der Magier, der selbst jedoch unsichtbar blieb.

Josh eilte seinem Bruder hinterher, der schon ein Stück voraus war. Vermutlich, dachte er dabei, sitzt Darkside grinsend in einer der Kammern, in der sich diese Zauberer gern aufhielten – zum Beispiel in der Kammer mit dem großen Magieraltar. Josh stellte sich vor, wie Darkside dort kauerte und sich diebisch darüber freute, dass die Gefährten von einer Falle in die nächste stolperten.

Und immer wieder diese klagenden Laute! Josh hätte sich am liebsten die Ohren zugehalten.

»Hier lang«, hörte er seinen Bruder rufen, der gerade nach links abgebogen und damit außer Sicht war. »Da vorn ist noch eine Treppe.«

Vermutlich wieder nur eine Falle, dachte Josh, sagte aber nichts.

Ein Schrei hallte von den Wänden wider.

Finn, das war Finn gewesen! Josh hetzte zum Abzweig und schaute nach links.

Sein Bruder klemmte zwischen zwei Wänden, die nach innen gerückt waren und ihn immer weiter einquetschten.

Finn konnte weder Schwert noch Spitzhacke ziehen, weil es so eng war, dass er seine Arme nicht mehr hochbekam.

»Hilfe«, rief er voller Panik.

Josh wollte ihn mit den anderen retten, als sich neue Plagegeister auf sie stürzten und gleichzeitig Fangeisen nach ihnen schnappten. Hart krachte Josh zu Boden und kämpfte um sein Leben. Dabei sah er, wie Finn immer mehr in den tödlichen Schraubstock geriet, der ihn zu zermalmen drohte. Irgendetwas knackte.

Ich muss ihm helfen! Oder die anderen!,

dachte Josh entsetzt. Doch die Fangzähne und die Geister hielten ihn, Ela, Wanda und Pete davon ab.

»Bitte!«, gellte Finns Stimme. »Lasst mich nicht ...«

Er verstummte, sein Kopf sank auf die Brust.

War er etwa ...

Die Angst packte Josh mit stahlhartem, eiskaltem Griff. Dann öffnete sich sein Mund zu einem gellenden Schrei.

Die Fledermaus des Todes

Der Druck der Wände auf Finn nahm immer mehr zu und brach jeden Widerstand. Er spürte, wie seine Kräfte schwanden und das Leben aus ihm wich. Er fühlte sich wie in der tödlichen Umklammerung eines Kraken, der ihn hinabzog in ein schwarzes Meer, in die Welt der ewigen Schatten. Aus weiter Ferne hörte er Rufe und Schreie. Josh? Oder war das Ela gewesen? Finn konnte es nicht mit Bestimmtheit sagen. Seine Augenlider begannen zu flattern wie das Licht einer Kerze im Wind.

Der klagende Chor schwang sich zu neuer Lautstärke auf, und nun klang es regelrecht feierlich.

Da, wieder diese Schreie. Finn drehte den Kopf, benommen vom Schmerz und erfüllt von der Gewissheit, dass er diesen Kampf verloren hatte.

Schemenhaft sah er eine Gestalt. Sein Bruder?

Finn mobilisierte seine letzten Reserven, sein Blick wurde etwas klarer. Ja, das war Josh!

Sein Bruder fuchtelte mit den Armen und brüllte ein Wort, das Finn nicht verstand. Gleichzeitig schlugen andere Gestalten auf die Wände ein, die Finn in ihrer tödlichen Umarmung hielten. Das mussten Ela, Pete und Wanda sein.

Erneut brüllte Josh etwas, und nun drang dieses Wort doch ganz langsam in Finns Bewusstsein.

Totem.

Totem?

Wie ein Blitz fuhr dieses Wort in Finns dämmerige Gedanken.

Totem!

Verdammt, ja! Seine Finger schlossen sich um den wertvollen Drop des Magiers, eine letzte, aber starke Geste des unbedingten Überlebenswillens.

Und als Finns gesamte Gesundheit schwand und er eigentlich tot war, entfaltete das Totem seine einzigartige und einmalige Magie: Es donnerte, und vor Finn schwebte für einen kurzen Moment eine geisterhafte Gestalt mit grünen Augen, um die Partikel tanzten. Sofort durchströmte den Jungen neue Kraft, und er hob den Kopf. Die Schatten vor seinen Augen verschwanden, der Nebel lichtete sich. Finn sah nun klar und deutlich, dass seine Freunde die Mauern einrissen. Erst konnte er wieder seine Arme bewegen, dann die Beine.

Schließlich taumelte Finn aus der Falle und fiel in die Arme seines Bruders.

Der zog ihn in den Gang, aus dem sie gerade gekommen waren.

Um Atem ringend sanken sie zu Boden.

»Mann, hat du mir einen Schreck eingejagt«, sagte Josh.

»Danke für deine Hilfe, Kleiner. Tausend Dank«, erwiderte Finn. Er blickte zu den anderen dreien auf. »Danke auch an euch.«

»Wie gut, dass du das Totem hattest«, meinte Ela.

»Allerdings«, antwortete Finn. Er ächzte und kam mühsam wieder hoch. »Und jetzt sollten wir keine weitere Zeit verlieren und versuchen, endlich aus diesem Anwesen herauszukommen.«

Nach wie vor hatte keiner von ihnen eine Idee, wie sie dem Labyrinth entrinnen konnten.

»Wenn wir Darkside nur finden könnten«, sagte Josh, der neben seinem Bruder durch das verwinkelte Bauwerk irrte. »Er baut immer neue Fallen. Haben wir den Magier, ist der Spuk bestimmt vorbei.«

Mit wenig Hoffnung öffnete er eine Tür.

»Oh«, stieß Josh aufgeregt hervor. Er befand sich in einem großen Raum mit einem ausladenden, u-förmigen Tisch und klotzigen Stühlen: zwei am Kopfende, je drei an den Flanken der Tafel. Von der Decke hing ein massiver Kronleuchter, in dem Fackeln steckten, die den Saal in ein schummriges Licht tauchten.

Josh wusste, dass dieser Raum – schlicht Tafel genannt –, zu denen gehörte, in denen ein Magier spawnte. Schon spürte der Junge, wie sich sein Puls beschleunigte. Mit den anderen trat er ein und sah sich gründlich um. Niemand zu sehen.

Enttäuscht wollte Josh sich abwenden,

als der Kronleuchter herunterkrachte. Die Fackeln flogen funkensprühend wie Silvesterraketen umher. Einer der Stühle fing Feuer, das rasch auf die Tafel übergriff. Rauch stieg auf und beeinträchtigte die Sicht. Gierig fraßen sich die Flammen vorwärts.

»Bloß raus hier!«, rief Josh, doch dann musste er feststellen, dass die Tür, durch die sie den Saal betreten hatten, verschwunden war. Jemand hatte sie in dieser Feuerhölle eingeschlossen! Und dieser Jemand, da war sich Josh sicher, konnte nur Darkside sein.

»Kein Problem«, rief der Baumeister und hieb mit der Spitzhacke auf die Wand ein. Schon hatte er ein Loch geschaffen.

In dieser Sekunde traf ihn ein Schwerthieb, der ihn beiseite schleuderte wie eine Spielzeugpuppe.

Josh, Finn und Ela rissen die Schwerter hoch, während sich Wanda um ihren

Mann kümmerte, der sich aber schon wieder aufrappelte.

Doch wo war der Feind? Joshs Augen tränten wegen des Qualms. Er musste husten. Da flog ein Schatten auf ihn zu, ein geflügeltes Wesen, das die Gestalt eines Plagegeistes hatte, aber den Kopf des Magiers. Zudem war dieses Wesen viel größer als ein Plagegeist – und auch viel mächtiger und gefährlicher, wie Josh und die anderen schmerzhaft erfuhren, als sie vom schwarzen Stahl des Schwertes getroffen wurden.

»Ihr gehört mir!«, gellte die Stimme des Magiers durch den verqualmten Saal.

Wie eine überdimensionale Fledermaus attackierte er sie. Dabei flog Darkside nicht durch den Raum, er *schoss* hindurch. Hinzu kam der Rauch. Der Magier war ein kaum zu treffendes Ziel. Er selbst jedoch schien sich trotz des Qualms blendend orientieren zu können.

»Raus, raus, raus!«, schrie Josh noch einmal.

Er sah, dass Pete das Loch vergrößert hatte. Wanda schützte ihn dabei, indem sie ihre fiesen Tränke auf den Magier feuerte. Jetzt erwischte sie ihn erst mit einem Trank der Langsamkeit, dann mit einem des Schadens, was den Gefährten eine kleine Atempause verschaffte. Diese nutzten sie, um einer nach dem anderen aus dem Tafelraum zu schlüpfen.

Sie flohen ohne Ziel und Plan. Im Rennen sah sich Josh um. Der Magier flog durch die Wand und verfolgte sie!

Die Gejagten bogen um eine Ecke und waren für einen Moment außer Sichtweite von Darkside.

»Da rein«, kommandierte Pete und sprang durch die nächstbeste Tür.

»Oh, das ist doch wieder der Endportalraum«, rief Ela.

Josh nickte. Dort stand die Truhe mit

dem Redstone, die von zwei TNT-Blöcken geschützt wurde. Ein falscher Griff, und alles würde in die Luft fliegen!

»Lasst uns lieber abhauen. Hier ist es zu gefährlich«, drängte Josh.

»Nein«, widersprach Pete. Seine Augen leuchteten. »Ich habe eine Idee …«

Verschüttet

»Gleich macht's bumm, aber so richtig«, wisperte der Baumeister.

»Wie bitte – du willst alles wegsprengen?«, fragte Josh ungläubig.

»Uns natürlich nicht. Schnell, ihr baut einen Tunnel nach unten«, befahl Pete und ergänzte, als die anderen nicht sofort reagierten: »Nicht doof gucken, anfangen! Los, los, los! Darkside kann uns hier jeden Moment finden!«

Ohne weitere Fragen zu stellen, schwangen Josh, Finn, Ela und Wanda die Spitzhacken. Rasch waren die ersten Blöcke entfernt.

Der geniale Sprengmeister baute in Windeseile weitere TNT-Blöcke aus Sand und Schwarzpulver, die er rund um die Truhe platzierte.

»Was reimt sich auf Bumm?«, fragte er dabei.

Irritiert sah Finn ihn an. »Was?«

»Wie wär's mit Kawumm?«, schlug Ela vor.

»Großartig!«, erwiderte Pete. »Gleich macht's bumm und dann kawumm …«

»… und der Magier, der kracht um!«, vollendete Josh lachend den Reim.

»Wow, das ist sensationell!«, rief der Baumeister. »Wir werden einen Gedichtband schreiben!«

»Tolle Idee«, grummelte Finn. »Aber vorher sollten wir versuchen, hier lebend rauszukommen.«

Sie bauten weitere Blöcke ab, bis sie alle bis auf Pete in einem Tunnel verschwunden waren.

»Komm schon«, drängte Wanda ihren Mann.

»Gleich«, erwiderte er knapp.

Finn konnte es nicht lassen. Neugierig spähte er aus dem Loch.

Der Sprengmeister kauerte mit einem aus Feuerstein und Eisenbarren gebauten Feuerzeug neben einem der TNT-Blöcke.

Finn blies die Backen auf. Pete hatte eine wirklich gewaltige Sprengladung zusammengebastelt. Das Zeug würde womöglich ausreichen, um das gesamte Waldanwesen zu pulverisieren!

In dieser Sekunde wurde die Tür zerfetzt, Splitter flogen in alle Richtungen – und der Magier schoss in den Endportalraum.

»Das seid ihr ja«, knurrte er.

»Hi«, sagte der Baumeister nur. Dann blitzte ein Flämmchen am Feuerzeug auf, das sich gierig über die Lunte hermachte. Es begann zu zischen.

Pete machte einen weiten Satz zum Loch, wo Finn wohlweislich schon Platz gemacht hatte.

»Vier Sekunden, wir haben vier Sekunden! Lauft!«, schrie der Baumeister und begann im Rennen mit dem Countdown. »Drei!«

Sie jagten hinter ihm her.

Aber vier Sekunden sind nichts.

»Zwei!«

Finn war überzeugt, dass er noch nie schneller gerannt war.

»Eins!«

Und dann gab es sie, die gewaltige Explosion. Die Decke über den Fliehenden stürzte teilweise ein, Trümmer regneten herab, trafen die Freunde, schlugen sie nieder, begruben sie. Der Boden zeigte Risse, platzte auf. Von hinten drängte eine Walze aus Feuer, Licht, Hitze und Staub auf sie ein. Josh krabbelte weiter, während das Feuer von hinten auf ihn zukroch.

Schreie klangen aus dem Raum, der gerade noch ein Endportalraum gewesen war. Dann Stille. Wie in einem Grab.

Im flackernden Feuerschein erkannte Josh zweierlei. Zum einen war ihr frischgebauter Stollen an vielen Stellen noch intakt. Zum anderen schienen die Flammen keine neue Nahrung mehr zu finden, sie wurden kleiner und fielen in sich zusammen. Beißender Qualm waberte durch den Gang. Die Hitze war nahezu unerträglich.

»Ha, sieht so aus, als habe mein Plan funktioniert«, rief der Baumeister. »Ich habe Darkside erledigt!«

»Und er hat nun keinen meiner Tränke der Unsterblichkeit mehr!«, ergänzte Wanda und drückte ihrem Pete einen Kuss auf die rußgeschwärzte Wange. »Gut gemacht!«

»Na ja, noch sind wir hier immer noch nicht raus«, antwortete er. »Also müssen wir …«

»Hier ist etwas Tageslicht«, schrie Finn in diesem Moment. »Ich kann Bäume sehen!«

Sie stürmten zu ihm – und Josh konnte es nicht fassen. Durch ein Loch in der Wand schauten sie auf einen düsteren Wald aus Schwarzeichen, der im typischen Dämmerlicht lag, das in diesem Biom immer herrschte.

»Super!«, jubelte Finn. »Die Explosion hat uns einen Weg gebahnt.«

»Tja, Leute, ich hab's halt drauf«, sagte Pete grinsend.

Dann kämpften sie sich aus den Trümmern, schlüpften durch das Loch in die Freiheit und rannten in den Wald – nur weg von dem Waldanwesen, in dessen Mitte jetzt ein rauchender Krater klaffte.

Als sie die ersten Bäume erreichten, kamen sofort die ersten Monster auf sie zu: Creeper, die zu zischen begannen wie die Zündschnur, die Pete verwendet hatte.

Ela zog ihr Schwert. »Jetzt gibt's was auf die grünen Birnen.«

Den Worten ließ sie Taten folgen, unterstützt von den Brüdern, Wanda und Pete.

Nach einigen weiteren Scharmützeln, die für die Gefährten keine großen Herausforderungen darstellten, gelangten sie tatsächlich zum Waldrand und verließen das düstere Biom mit seinem geschlossenen Laubdach.

»Geschafft!«, jubelten die Gefährten und fielen sich einmal mehr in die Arme.

»Vielen Dank noch mal, dass ihr uns geholfen habt«, sagte Pete.

»War doch selbstverständlich«, erwiderte Finn.

»Und wohin jetzt?«, fragte Wanda, nachdem auch sie sich bei den Brüdern und Ela bedankt hatte.

Pete sah sie überrascht an. »Na, zu unserer Hütte. Also zu dem, was von ihr noch übrig ist. Wir bauen sie neu auf.«

Doch die Hexe schüttelte den Kopf. »Lieber nicht. Wer weiß, vielleicht hat Darkside doch überlebt. Schwer vorstellbar, aber niemand hat gesehen, dass er wirklich tot ist. Also lass uns woanders im Sumpf eine Hütte bauen.«

»Okay«, sagte der Baumeister. »Du hast wahrscheinlich recht. Und letztlich ist es doch auch egal, wo unsere neue Hütte steht.«

Als sie das Sumpfbiom erreicht hatten, halfen Ela, Finn und Josh mit, eine neue Hütte für die beiden zu bauen. Der Standort lag ein gutes Stück entfernt vom alten.

Bei der Arbeit sang Pete:

»Gleich macht's bumm
und dann kawumm
und der Magier, der kracht um!«

Sobald sie fertig waren, sagte Finn: »So, jetzt wird es Zeit, dass wir wieder nach Hause kommen.«

»Natürlich, aber schaut unbedingt mal wieder vorbei«, baten Wanda und Pete.

»Machen wir«, versprachen Finn, Josh und Ela.

Finn öffnete das Kästchen und holte das goldene Licht heraus. Sein Herz schlug schneller: Würde die Teleportation erneut gelingen?

Mit großen Augen beobachteten sie, wie aus dem goldenen Ball ein Portal wurde, das vor ihnen im Sumpf schwebte.

Ein letzter Gruß an Pete und Wanda, dann traten die Gefährten in das Tor und wurden sofort von gleißendem Licht umhüllt.

Chrissi-Alarm

»Wow, es hat funktioniert!«, freute sich Josh, als er wieder im Zimmer seines Bruders stand.

»Ja, Gott sei Dank«, meinte auch Finn.

»Und wieder sind nur ein paar Stunden vergangen«, ergänzte Ela. »Wir waren nicht ein paar Tage weg, sondern nur ein paar Stunden. Wie gut, dass in der Welt von Minecraft die Uhren anders gehen. Sonst könnten wir diese spannenden Ausflüge vergessen, Jungs.«

»Was du nicht sagst«, meinte Josh. »Unsere Eltern sind sowieso immer so übervorsichtig. Ich bin echt froh, dass sie gerade für zwei Wochen diesen Survivalurlaub in Brasilien machen. Das wäre nichts für mich!«

»Na ja, Survival haben wir doch auch gerade gemacht, oder?«, flachste Ela.

»Aber um im brasilianischen Dschungel zu überleben, musst du Würmer, Schlangen, Kaimane und Spinnen essen!«

»Was, Spinnen?«, Ela verzog das Gesicht.

»Ja, so große!« Josh deutete mit den Händen den Umfang eines Basketballs an.

»Du spinnst!«

»Nein, die Leute spinnen, die in den Dschungel gehen – ohne Hotel und all inclusive«, korrigierte Josh sie.

Finn grinste nur. Dann drehte er sich zum goldenen Portal um und streckte die Hand aus. Das Tor fiel in sich zusammen, formte eine Kugel und schwebte in seine Hände.

»Und Chrissi soll während der Abwesenheit unserer lieben Eltern auf uns aufpassen«, stöhnte Josh. »Das ist das einzig Nervige. Andererseits ist sie meistens nicht da, um sich vor der Hausarbeit zu drücken. Wir haben nämlich die klare Ansage von unseren Eltern bekommen, dass wir uns um das Haus zu kümmern haben. Rasen mähen, Blumen gießen, staubsaugen und so weiter.«

Rums – da krachte die Tür auf.

»Wenn man vom Teufel spricht!«, stieß Josh hervor. Schwesterherz Chrissi war in Finns Reich eingedrungen. Ihre Miene war finster wie der dichte Wald.

Josh warf einen raschen Blick zu seinem Bruder. Hatte Chrissi etwa das goldene Licht gesehen? Wenn ja, dann würde sie eine Menge Fragen haben.

»Hat jemand mein Handy gesehen?«, grummelte Chrissi stattdessen gereizt. »Ich habe schon überall nachgeschaut. Nur hier noch nicht, in diesem Chaos …«

»Nee, haben wir nicht«, sagte Josh schnell. »Hier ist es bestimmt nicht. Und jetzt: Tschüs!«

Doch Chrissi beachtete ihn gar nicht, sondern begann sich im Zimmer umzuschauen.

Joshs Nervosität wuchs. Wieder ein Blick zu seinem Bruder. Finn war cool geblieben. Er verbarg etwas hinter seinem Rücken. Josh und Ela wussten natürlich, dass es das goldene Licht war. Hoffentlich bemerkte Chrissi nichts!

Mit spitzen Fingern zog Chrissi ein T-Shirt von Finns Schreibtisch, auf dem der Bildschirm thronte. Auf dem Monitor war eine Spielszene von Minecraft zu sehen.

»Dass euch das nicht langweilig wird«, ächzte Chrissi und ließ das T-Shirt achtlos auf den Boden fallen.

Nun blickte auch sie zu Finn. »He, du, Herr des Chaos, was hast du da hinter deinem Rücken? Das ist doch nicht etwa mein Handy, oder? Hast du mir das geklaut?«

»Aber nein!«, antwortete Finn.

Seine Schwester kam auf ihn zu.

»Ach, wirklich nicht? Könnte es sein, dass du mir einen deiner dummen Streiche spielen willst?«

»Ich doch nicht, niemals«, meinte Finn und wich ein wenig zurück.

»Wenn das so ist, dann kannst du mir ja auch zeigen, was du da verborgen hast«, setzte Chrissi mit einem schiefen Lächeln nach. »Los, gib es mir!«

Jetzt wurde es eng, dachte Josh verzweifelt. Chrissi durfte das geheimnisvolle Licht auf keinen Fall entdecken. Nicht ein Mensch, der Minecraft *Lego für Deppen* nannte! Sie würde alles nur kaputtmachen, garantiert!

»Hier, hier ist es!«, rettete Ela die Situation.

Triumphierend hielt sie das Smartphone hoch.

»Wo war das?«, wollte Chrissi wissen.

»Auf dem Nachttisch. Du musst es vorhin dort vergessen haben«, meinte Ela.

»Hm«, machte Chrissi nur. Dann rang sie sich ein Danke ab und verließ den Raum grußlos.

»Puh, das ging ja noch mal gut«, meinte Finn.

»War knapp«, sagte Josh. »Versteck das goldene Licht lieber ganz schnell.«

»Bin schon unterwegs«, erwiderte sein Bruder, verstaute das Licht in dem kleinen Kästchen und stellte es in den Schrank. Nun war der Schatz vor neugierigen Blicken verborgen.

»Unser Geheimnis bleibt gewahrt«, sagte er leise, während er die Schranktür schloss.

»Wie schön«, meinte Josh und zwinkerte den anderen beiden zu. »Und wer weiß schon, ob wir das Portal nicht bald mal wieder brauchen …«

Gefangen in der Welt der Würfel

Josh und Finn wollten nur eine Runde Minecraft zocken, als das Unfassbare passiert: Sie werden in die Spielwelt hineingesogen und finden sich mitten in der Welt der Creeper, Zombies und Skelettreiter wieder! Und als sei das noch nicht genug, werden sie auch noch von einem bösen Herrscherpaar gefangen genommen, das sie in gefährlichen Redstone-Minen arbeiten und in einer Gladiatorenarena kämpfen lässt! Werden die Brüder es schaffen, lebendig in die reale Welt zurückzukehren?

Band 1 der spannenden Abenteuer-Serie für alle Minecrafter und solche, die es werden wollen.

Fabian Lenk
Gefangen in der Welt der Würfel. Der Kampf gegen die Creeper. Ein Abenteuer für Minecrafter
144 Seiten, gebunden

Weitere Informationen zum Kinder- und Jugendbuchprogramm der S. Fischer Verlage finden sich auf *www.fischerverlage.de*

AZ 7335-0447/1

Gefangen in der Welt von Minecraft

Finn und Ela, ein Mädchen, das ebenfalls in der Minecraft-Welt gefangen ist, haben es geschafft, aus Pyra zu fliehen. Doch der Preis war hoch: Sie mussten Josh in den Fängen des bösen Herrscherpaares zurücklassen. Um ihn zu retten, steigen sie hinab in den Nether, Minecrafts finstere Unterwelt. Doch dort werden sie bereits von gefährlichen Ghasts und anderen Gefahren erwartet …

Band 2 der spannenden Abenteuer-Serie für alle Minecrafter und solche, die es werden wollen.

Fabian Lenk
Gefangen in der Welt der Würfel. Die Falle im Nether. Ein Abenteuer für Minecrafter
144 Seiten, gebunden

Gefangen in der Welt von Minecraft

Noch immer sind Finn, Josh und ihre Freunde in der Minecraft-Welt gefangen. Nicht nur suchen sie verzweifelt nach einer Möglichkeit, in ihre eigene Welt zurückzukehren, jetzt ist auch noch eine riesige Armee tödlicher Wither hinter ihnen her! Die Verbündeten müssen alles geben, um sich selbst – und die ganze Minecraft-Welt – vor der schrecklichen Gefahr zu retten.

Band 3 der spannenden Abenteuer-Serie für alle Minecrafter und solche, die es werden wollen.

Fabian Lenk
Gefangen in der Welt der Würfel. Die Armee der Wither. Ein Abenteuer für Minecrafter
gebunden

Flucht aus der Welt der Würfel

Die Brüder Finn und Josh wurden in die Minecraft-Welt hineingesogen und sind seitdem darin gefangen. Gemeinsam mit ihrer Freundin Ela haben sie herausgefunden, wie sie in ihre eigene Welt zurückkehren können – doch das ist gar nicht so leicht. Denn das Portal, das den Wechsel zwischen den Welten ermöglicht, wird von einem bösartigen Enderdrachen bewacht ...

Band 4 der spannenden Abenteuer-Serie für alle Minecrafter und solche, die es werden wollen.

Fabian Lenk
Gefangen in der Welt der Würfel. Der Schatz des Enderdrachen. Ein Abenteuer für Minecrafter
144 Seiten, gebunden

Weitere Informationen zum Kinder- und Jugendbuchprogramm der S. Fischer Verlage finden sich auf *www.fischerverlage.de*

AZ 7335-0561/1